我们如此相爱

梁晓声 著

贵州出版集团
贵州人民出版社

图书在版编目（CIP）数据

我们如此相爱 / 梁晓声著． —— 贵阳：贵州人民出版社，2022.8
ISBN 978-7-221-17016-3

Ⅰ．①我… Ⅱ．①梁… Ⅲ．①中篇小说－小说集－中国－当代 Ⅳ．① I247.5

中国版本图书馆 CIP 数据核字（2022）第 000340 号

我们如此相爱
WOMEN RUCI XIANGAI

梁晓声 / 著

出版统筹	新华先锋
出 版 人	王　旭
责任编辑	汪琨禹
特邀编辑	杨安婷
封面绘图	吴黛君
装帧设计	吴黛君
出版发行	贵州出版集团　贵州人民出版社
地　　址	贵阳市观山湖区会展东路 SOHO 办公区 A 座
邮　　编	550081
印　　刷	大厂回族自治县德诚印务有限公司
开　　本	620mm×889mm　1/16
印　　张	13
字　　数	164 千字
版次印次	2022 年 8 月第 1 版　2022 年 8 月第 1 次印刷
书　　号	ISBN 978-7-221-17016-3

定　价　49.00 元

目录

... 我们如此相爱   001

... 走出大森林   059

... 沿江屯志话   083

... 小　菁   163

我们如此相爱

暮色苍茫,太阳低挂在苍黑色的树梢。天穹淡蓝而晦暝,大地如银。在夕阳的映照下,厚厚的积雪闪耀着柔和的黄光。白桦的枝上,蹲着三五寒鸦,悄然无声。雪的反光使它们眯缝起眼睛,无精打采地呆望白而广袤的世界。

一串渐渐清晰的马铃声打破了寂静,乌鸦骤飞。雪爬犁缓缓地行驶,上面坐着李晓安和他患过精神病的妻子王秀娥,他们的儿子李欣背靠着一个大拎兜。驾爬犁的是李晓安的岳父王全福。

李晓安看了秀娥一眼,见她在流泪。他握住她的手问:"怎么了?""我不住院。"秀娥的声音里带着一丝惊恐,又像一个孩子在撒娇。李晓安又一次耐心地解释:"也不是送你去住院啊。昨天晚上咱们不是说得好好的吗?我回北京去看望我妈妈,她得癌症了。""你骗我。咱俩结婚前说好的,你保证过不把我往精神病院里送。"秀娥委屈地说。眼里的泪,就快落下来。"妈,咱们真是去北京。"李欣按捺不住自己的兴奋。"反正我就是不住院,我的病早好了。"秀娥扑入李晓安怀里哭了,边哭边说:"我都六七年没犯过病了,我一直听你和儿子的话,叫我服药,我就服药……"她哽咽起来。"妈,我爸什么时候骗过你呀!"李欣安慰母亲。李晓安向儿子摇头,从棉手套里抽出一只手,替秀娥抹泪。

王全福勒住马,将鞭子往雪地上一插,离开爬犁,走到一边,对李晓安说:"我跟你说几句话。"李晓安轻轻推开秀娥,下了爬犁,走到王全福跟前。王全福瞅瞅爬犁上的秀娥,低声说:"女婿,你要是后悔了,现在改变主意还来得及。""爸,再也别跟我说这种话,行吗?"李晓安难受。王全福明知他是决不会离开秀娥的,但总觉得对不住他,每掏心掏肺地说说,心里就会舒坦些。可这次,他是真的放心不下。

突然,李欣大喊了一声:"妈!"李晓安扭头一看,见秀娥向来路跑回去,儿子在后面追。他愣了愣,也赶紧追。王全福长叹一声,往地上一蹲,双手抱着头,看也不愿看……

李晓安和儿子追到屋门口,气喘吁吁。门大敞着,秀娥在挪被子,掀炕。炕下边是五颜六色的手工纸,她一张张整理起那些手工纸来。儿子赶紧上前帮忙。

爬犁又行驶在雪原上了——不知谁的过错,手工纸被刮飞了。爬犁渐渐驶远,洁白的雪原上落下五颜六色的手工纸。天已经完全黑下来,列车从雪原上呼啸而过。李晓安一家三口并坐一张三人座。儿子伏在靠窗的小台上,已酣然入睡;秀娥坐在中间,头枕着李晓安的肩,还握着他一只手;李晓安搂着秀娥,头朝后仰,似睡非睡。

秀娥已经睡熟了,还发出微微的鼾声。李晓安看着怀中安静的秀娥,像一只乖巧听话的小猫。他爱怜地摸了摸她的脸,她的嘴角浮起一点笑意。她梦见什么这么开心呢?李晓安想。他也微微地闭上了眼睛，将秀娥搂得更紧了，好像生怕她变成空气，倏忽就不见了。这种恐惧一直都伴随着他。

那夜，在北大荒的家里，他半夜醒来，发现身边没了秀娥，一颗心又悬到了嗓子眼，赶紧叫醒岳父岳母和儿子，满村找。夜很静，他们的喊声显得悠长而凄凉。村里一户户人家的窗子被喊亮了。很多人钻出了温暖的被窝，穿上厚厚的衣服出门帮他们寻找。喊声越来越嘈杂，但仍听不到秀娥的回应。

在吊杆式井口旁，出现了一个人影的坐姿，人们纷纷向井边跑去。坐在井口旁的正是秀娥，她显然是脚下一滑跌坐在那儿的，一只手还握着一只桶的桶梁，而另一只桶却滚在很远的地方。扁担被两只桶里泼出的水冻在地上了，秀娥也被冰冻在地上。她的鬓发和睫毛结了霜，看来她已被冻住在井口旁很久了。

李欣跪下，将嘴凑向秀娥那只被冻在桶梁上的手，大口大口地哈气。李晓安挥斧砍冰，秀娥终于倒在李晓安怀里。李晓安心疼地擦去她脸上的霜，喃喃地叫着："秀娥！秀娥！……"

列车车厢里，李晓安在自己的叫声中醒了，坐在他们对面的三个人也被他的叫声扰醒了，一齐看着他。李晓安歉意地笑着说："对不起，做梦了。"他扭头看妻子和儿子，他俩倒仍睡得很实。对面的三个人又都闭上了眼睛。李晓安轻轻站起，活动活动被秀娥枕麻木了的肩膀，之后伏在座椅靠背上，深情地看着妻子和儿子，心里漾起一阵暖意。

晨曦透过列车车窗缓缓地漫延开来，火红的太阳冉冉升起。列车缓缓驶进北京站，透过车窗，李晓安看见郭鹏、裴春来、赵凯目不转睛地盯着一节节从身边经过的车厢，他们是李晓安当年的知青伙伴。李晓安激动地朝他们招手。

车停稳了,赵凯朝前指了指:"在那节车厢,我看见晓安了!"三人跑向赵凯所指的车厢……

一辆出租车驶入一条狭窄的胡同里,老北京的青砖瓦房。车停在一处老旧的院门外。车门一开,李晓安第一个下来,望着院门,百感交集:他出生在这个小小的院子里,也在这里长大。虽然,母亲已在信中告诉过他,这小小的院子又归还在他家户下了,李晓安却还是有点儿不敢确信。

李晓安挽妻牵子步入小院,赵凯三人帮他拎着东西,紧随其后。李老太太直视着儿子,披着毛披肩从台阶上踏下,李晓安迎上前,母子二人拥抱在一起。李老太太泣声相问:"儿子,你又三年没回来了,心里已经没有妈了是不是?"李晓安小声地说:"妈,不是的。当着你孙子和你儿媳妇,不说这些话好吗?"李老太太的目光这才望向孙子,摸了孙子的脸一下,勉强一笑:"李欣都长这么高了。"李欣清脆地叫道:"奶奶好!"李老太太高兴地答应着。李晓安转向秀娥,轻声说:"秀娥,叫妈。"秀娥漠然地叫了一声:"妈。"

李老太太还是不看她一眼,淡淡地说:"都别站院儿里了,快进屋吧。"

吴阿姨出现在客厅门口,她是四川人,已经五十多岁了,是李老太太请来照顾自己的老阿姨。她笑脸盈盈地招呼:"茶沏好了,都请进屋喝茶吧。"

于是大家先后进了客厅。客厅挺宽敞。沙发、椅子、板凳,能坐的都坐着人了。李老太太坐在一把椅子上,李晓安一家三口坐在长沙发上。李欣站起来,懂事地说:"奶奶您坐沙发吧。"李老太太笑着说:"奶奶腰有毛病,喜欢坐硬地方。"秀娥一直笑盈盈地望着李老太太,望得她很不自在。李欣没再坐下,说:"奶奶我们给您带了好些榛子。"他说着走到旅行包那儿,拉开,往外取一只塑料袋。不料袋子开底了,"哗啦"一声,满满一袋榛子撒落在地,四处乱滚。李老太太坐在椅子上不动,看着满地的榛子,有些漠然地说:"唉,给我带的什么榛子呢,我哪儿有那么好的牙口啊!"李晓安埋怨儿子:"你看你,不老老实实坐着,先往外掏东西干什么呢?"李欣不知所措,几乎要哭了。 赵凯打圆场:"别埋怨孩子,孩子第一次到北京也是心里高兴。"众人帮着收起地上的榛子。秀娥却对此情形视而不见似的。她笑微微地站起来,直视李老太太,一步步走过去。李老太太怯怯地说:"晓安,你……你看你媳妇……"李晓安抬头困惑地喝住秀娥:"秀娥,你要干什么?"他想站起来,不料脚下踩着了几个榛子,一滑,身子歪倒在地。他的手扶了一下桌子,桌上的一只古旧花瓶被碰倒,滚落到地上,摔碎了。真是乱上加乱,众人皆呆住了。大家屏气凝神,都不说话,客厅里一片安静。秀娥却仍视而不见,听而不闻。她趁着众人呆住那片刻,笑微微地走到了李老太太跟前。李老太太害怕地紧靠在椅背上,一动也不敢动。

秀娥缓缓跪下去。

原来,李老太太对襟毛衣的一颗扣子扣错位了。秀娥替她解开,重新扣好。扣完,还对她笑了笑。李老太太和众人都暗舒一口气。秀娥转身若无其事地走回沙发坐下,东看西看起来。

一只大白兔跑进来,秀娥柔和的目光转向兔子,她高兴地起身去捉。兔子在人脚之间窜来窜去,秀娥也在人们之间捉来捉去。人人都一声不响地闪避着。兔子跑出去了。一个女人出现在门口,挡住了也要跑出去的秀娥。她也是李晓安当年的知青伙伴,叫杨岚。两个女人愣愣地对视了一眼。杨岚默默闪开,秀娥跑了出去。"岚子?"李晓安惊喜地喊道。杨岚望着李晓安摘下围巾:"有事儿,不能到车站去接你,别见怪啊。""哪能呢!"李晓安一团笑意地说。李老太太念叨着:"杨岚啊,你可有日子没来了,我想你啊!"杨岚冲李老太太笑笑:"最近医院里可忙了。"她又问李晓安:"刚才那是秀娥吧?"李晓安点头。杨岚坐下,轻描淡写地说:"还那么年轻,几乎没变。"赵凯道:"精神病人都不显老,这是一种普遍的……"裴春来"嘘!"了一声,制止他继续说下去。秀娥回到屋里来了,也不看别人,重新坐到自己坐的地方,盯着杨岚看。郭鹏问:"秀娥,还能认出她是谁吗?""能。"秀娥自信地点点头。"谁?"秀娥肯定地:"杨岚。"之后又强调了一遍:"就是杨岚。"杨岚笑了:"秀娥,你儿子,可是我接生的啊!"裴春来惊叹道:"哎呀妈呀,她俩可十好几年没见了,秀娥这记性真不得了!"秀娥的目光从杨岚身上移开,仰脸望着屋顶,自言自语道:"我忘了谁也忘不了杨岚。她还爱过我晓安。晓安和我好了以后,她还哭……"她似乎陷入回忆。

李老太太突然高声叫:"吴阿姨!"吴阿姨应声出现在门口。李老太太吩咐:"你先把李欣带到他们一家三口住的屋里去。"吴阿姨向李欣招手,李欣懂事地起身离开了客厅。秀娥不望屋顶了,忽然又盯视着杨岚了,问道:"杨岚,那你现在还爱我晓安吗?"众人一时你看我,我看他,气氛有些尴尬起来。李老太太板着脸道:"晓安,你别让她什么都乱说行不行啊?"李晓安反问:"妈,这有什么呢?"杨岚冲老太太一笑:"婶儿,是没什么。"李晓安又说:"我都习惯了。"李老太太不高兴了:"可我不习惯!也替人家杨岚……郭鹏,扶我回我屋,我要躺一会儿……"气氛一时有些凝重,郭鹏默默扶着李老太太离开。秀娥望着杨岚再问:"你还爱我晓安吗?"李晓安愠怒地说:"秀娥,你别太任性啊!"杨岚低头轻声说:"秀娥,想想,你说的,那都是多少年前的事儿了?"秀娥果然扳着指头想来想去,俄而说:"十五年前的事儿了！"杨岚笑笑："那不就得了吗？"秀娥有些恍然大悟："得了就是，你不爱他了？"杨岚看看李晓安，点头。秀娥再次起身，也将杨岚拽起，拽出了屋。李晓安、赵凯、裴春来三人一齐跨到窗前。院子里，秀娥将杨岚拽到树下，那儿有个洞口。秀娥蹲下，招呼杨岚也蹲下。秀娥小声而神秘地问："你猜洞里有什么？"杨岚明知故问："小狗？"秀娥摇摇头："才不是，小狗挖洞吗？"杨岚煞有介事地问："那是什么？"秀娥更加神秘地："兔子！他们几个，我谁也没告诉！连晓安和儿子也没告诉呢！"

杨岚怔怔地看着她。秀娥充满希冀地说："以后咱俩好，啊？除了晓安和儿子，我也得有个朋友啊是不是？"杨岚值得信赖地点头，情不自禁地亲了秀娥的脸腮一下。

李老太太在房间里，看到窗外那一幕，轻轻叹了口气。她惋惜地说："是真的。"郭鹏一时没明白她的话，低声问："伯母，您指什么？""那花瓶，最近才归还回来的。你就跟晓安说是赝品，叫他别在意。"又叹了口气，脸上写满了心痛。忽然传来秀娥的声音："赵凯，不许说，不许说！"赵凯故意把声音提高："你当年没当众亲过我？事实那抵赖得了吗？哎呀哎呀，把我耳朵拧下来了！"李晓安轻轻地喝住她："秀娥，别胡闹了！"秀娥咯咯嘎嘎地笑起来。李老太太皱眉道："郭鹏，你去跟他们说，让他们小点儿声，我心脏不好，听不得这么咯咯嘎嘎的。"

郭鹏他们吃完晚饭都走了，小院里安静下来。李晓安一家三口住的屋里，儿子单独睡一张临时加的折叠床，李晓安夫妻睡在一张双人木床上。

妻儿都已经睡熟了。李晓安辗转难眠，他望着房间里熟悉的一切，恍如梦寐。他仿佛从未离开过这间屋子，但听着妻儿的鼾声，又意识到自己已经离开得太久了。这是他和秀娥第一次睡在这里,睡在这间他从小长到大的屋里,心有说不出的滋味。他闭上眼睛,把妻子温暖的身体揽在怀里,思绪飞得很远很远……

当年,他们一共五名北京知青,来到北大荒插队落户。第一天,他就认识了秀娥。事后他常想,这也许就是命运。

那天,李晓安刚把箱子背包安置好,就兴高采烈地出了门。草甸子里搭着一排一米多高的架子,上边摆放着蜂箱。远处,野花开得热闹极了,万紫千红。蜜蜂在一只只蜂箱的箱口进进出出。

那一年,李晓安才是十七八岁的涩龄青年,脸上的稚气还没全褪。和别人一样,从城市刚到那片广阔的天地,对许多事情都挺好奇,常招猫逗狗,无事生非。

李晓安将草茎捅入箱口,乱搅一气,然后抽出来,自以为高明地舔食草茎上带出的蜂蜜。

祸事发生了。刹那间,不知怎么一下子出现了蜜蜂的"千军万马",对李晓安进行攻击。李晓安吓得丢了草茎,转身就跑。铺天盖地的蜂群穷追不舍。李晓安在草甸子里忽东忽西,抱头鼠窜,不停地大喊:"来人啊,救命啊!"

"别跑!站住别动!"一个少女银铃般的声音命令道。

李晓安早已失魂落魄,哪里肯站住不动呢?他继续抱头鼠窜,撞在一个人身上。更确切地说,是一个头戴防蜇帽、身穿碎花衫的姑娘迎住了他。姑娘还戴着双套袖,她用解开的两片花衣襟将他的头搂在自己胸前。

李晓安浑身发抖,也将姑娘紧紧搂抱住,神经兮兮地不停地说着:"救命,救命,太可怕了,太可怕……"防蜇帽下发出姑娘咻咻的笑声。姑娘命令道:"别说话,别乱动,乖乖站着。"李晓安一动不动了,蜂儿顷刻间落遍二人身上。蓝天绿地之间，野花丛中，一对素昧平生的人儿，就那么一动不动，久久地搂抱着，伫立着。"别怕了，蜜蜂全都飞走了。"姑娘说。听来，她的话像一位小母亲在对自己的小孩子说的。对包着的花衣襟展开了，姑娘没戴乳罩，她胸前是较为宽松的红兜兜，上面还绣着花。她发育得很好，双乳饱满，使红兜兜鼓胀起来。李晓安的眼刚睁开一下，却又闭上了，像是被那一片红一片白晃的。他那双搂抱着姑娘的手，依然没有松开。

而姑娘的双手，左右抻着花衣襟。她低头看看偎在自己胸前的李晓安的头，似乎一时不知如何是好。她觉得胸前温温的，脸倏地就红了，少女的心房中激起了某种不寻常的体验。

姑娘终于又开口道："我说蜜蜂都飞走了，你听到没有哇！"李晓安头也不抬："你骗我。""你成心耍赖！"她双手使劲儿一推，李晓安跌倒在草丛中。姑娘咯咯笑了。李晓安爬起来，顺手折了一朵野花，一边闻，一边目不转睛地看着她扣衣襟。

"好香啊！"

"那是野罂粟花，老闻会头晕的。"

"我是说你身上的味儿。"

姑娘缓缓地撩起了防蚕帽的纱网，露出了她那张俊秀的脸儿。李晓安一时手持野花呆住了，他怎么也没想到北大荒有那么土生土长而又妖媚动人的女孩儿。但这会儿姑娘的脸是严肃的，她板着脸瞪着李晓安。李晓安讷讷地说："你可别生气，我这人喜欢开玩笑。""呸，北京的小流氓，狗嘴里吐不出象牙来！"她将纱网朝下一放，猛转身一扭一扭地跑了。李晓安望着她渐跑渐远的背影，怅然若失而又不无羞愧。

李晓安悻悻地走向知青们的宿舍，碰到了杨岚。杨岚埋怨道："你跑哪儿去了呀？我到处找你！"李晓安无精打采地嘟哝："找我干什么？"杨岚生气起来："你说干什么？帮我摆放东西！别忘了，来之前你妈和我妈嘱咐你要把我当成是妹妹一样，关心我，照顾我，帮助我，爱护……"

李晓安挥挥手："打住打住，别说了！毛主席教导我们——自己的事，要自己做，那才是好青年。妈的话要听，毛主席的话更要听，是吧？"说完，坏坏地笑了。

杨岚一时愣住，不知道怎么回敬他才好。李晓安吹着口哨扬长而去。杨岚寻思过味儿来，大声嚷道："毛主席没这么一条语录！"李晓安头也不回地说："现在没有，以后会有的。"杨岚望着李晓安的背影，跺了一下脚，气出了眼泪。当天晚上，李晓安竟不用和赵凯他们住在一起，而是住到了从蜂群中救他的那位姑娘家里，还成了她的特护对象，那姑娘叫秀娥。人们都说，爱是需要一些缘分的。李晓安常想，也许那就是他和秀娥的缘分吧。但为这缘分，他差点被烧死。

那晚，五名知青和全村人热热闹闹地开起了联欢会。麦场上，一盏大灯泡用红纸包上了，每个人的脸都被照得红红的。一轮圆月静静地挂在空中，月光如水。

李晓安吹着口琴，秀娥目不转睛地望着他，听入迷了。李晓安吹罢，人们热烈鼓掌。他发现秀娥在看他，便冲她笑了笑，四目相对，秀娥不好意思地将目光转向一旁。

在掌声中，知青赵凯站了起来，俨然是主持人，用富有感染力的嗓子冲着人群喊："乡亲们，北大荒的父老乡亲们，大伯、大叔、大娘、大婶、兄弟姐妹们，好听不好听啊？"

众人异口同声地说："好听！"

等喧闹声安静下去，赵凯清了清嗓子接着说："我们的李晓安，凭他吹口琴的水平，在北京登台表演过，获过奖。不过呢，他还有一手，那才叫绝，平时深藏不露，今天在欢迎我们的联欢会上，乡亲们想不想开开眼啊？"

"想！"众人齐声喊道。

李晓安站起来，行了一个动作夸张的贵族礼，大方而又自信地说："感谢赵凯的友情介绍，感谢乡亲们的鼓励，那我就再露一小手。"

他站得笔直，缓缓伸开双臂。

麦场上鸦雀无声。

秀娥目不转睛地看着李晓安，她的目光又一次被李晓安捕捉到了，秀娥不好意思地故意朝别处望去。李晓安的声音轻轻地飞了起来："下面，献演现代芭蕾舞《沂蒙颂》片段，'捉鸡'一场。表演者，北京知青，业余口奏艺术家李晓安，音乐——起……"

铁棍敲犁的声音突然响起，一个男人急促的喊声传来道："马棚着火啦，快来救火呀！"

人们纷纷站起跑散。

在秀娥家的一间屋里，李晓安坐在炕上，一条腿上着夹板。秀娥在用毛巾蘸水，为他擦脸上的烟灰。

李晓安自嘲道："我这才叫乐极生悲呢。"

秀娥安慰道："别这么说，你救火时表现得很勇敢。要不是你，一匹小马驹就烧死了。咱村人开始喜欢你了。"她接着为李晓安擦手："呀，手这儿破皮了。"

李晓安龇牙咧嘴。

"别这么娇气。忍着点儿，我给你上红药水儿。"秀娥像小母亲般地说。

李晓安不敢再作声，遂而打量起屋子来。这一间屋是秀娥的房间，它的一大特色就是——从顶棚到四壁是用报纸糊的,而窗上、门上、墙上,高高低低地贴着不少剪纸。李晓安一抬头,发现顶棚居然也贴着剪纸。

"这是你的屋?"李晓安问道。

"明知故问。"

"这些剪纸,都是你剪的?"

"还是明知故问。"

李晓安坏笑了一下,看着秀娥那双正给自己上红药水的手,说:"真想亲你这双手!""小流氓的念头。""错。我是因为崇拜,它太巧了。""我还崇拜你呢,会吹口琴,一张小嘴还那么能说!讲讲,口奏是怎么回事儿?"李晓安矜持地说:"我独创的一门艺术形式,表演者需要通晓各类乐器,得有很高的艺术天分。"秀娥半信半疑地问:"就靠一张嘴?""当然!"李晓安的语气不无自豪。"那,我也崇拜你那张小嘴儿,能随便亲你的嘴吗?""能,能!太可以了!你想怎么亲就怎么亲!"秀娥自知失言,害羞地说:"不陪你胡说八道了,油嘴滑舌!"村支书的声音帮秀娥解了围:"秀娥,出来。"秀娥趁机出去,门外站着村支书和她父亲。村支书郑重地说:"秀娥呀,因为你家清静,你又是个细心的人,所以才让他住你家几天。人家北京人,把个半大孩子托付给咱们,刚到第一天就受伤了,而且是工伤,你要替咱们全村人,好好照顾人家,体贴人家,明白不?"

秀娥只得郑重地点头:"明白。"秀娥父亲插嘴道:"支书放心,我们秀娥会体贴人。"村支书放心地说:"那我走了。"他双手朝后一背,大干部似的,迈着八字步悠悠而去。屋里,李晓安又在好奇地东瞅西看。秀娥用盘子端着一只碗进来了,放在炕边。盘子上是一碗手擀面,最上边是一个鸡蛋。另外还有一小碗酱、黄瓜、蒜茄子……"给你开饭啦。""我腿伤得重不重?""你腿没事儿。就是脚腕子崴伤了,不过你放心,我二姨夫治跌打扭伤什么的,远近闻名,他说五六天好,到时候准好。"李晓安放心了,望着秀娥一笑:"我还真饿了。"说完,张大了嘴。秀娥不解地问:"你这是干什么?""我听到支书刚才的话了,他嘱咐你好好照顾我,体贴我。"一说完,又张开了嘴。"你想让我喂你?"李晓安大张着嘴连连点头。"呸,美的你!"秀娥起身而去。窗外起了笑声。李晓安扭头一看,见赵凯、郭鹏、裴春来和杨岚都站在窗口看他。赵凯说:"晓安,你可为咱们哥几个争光了!"四人进屋后,李晓安摆摆手:"小意思。宁为公字前进一步死,不为私字后退半步生嘛!以后再有危险的事儿,我比今天更英勇!"杨岚生气地说:"可耻!"她一转身怒气冲冲地走了。赵凯三人面面相觑,也随之而去。李晓安莫名其妙:"这,我怎么就可耻了呢?"赵凯三人赶上了杨岚,赵凯奇怪地问道:"你生的什么气呀?""瞧他那德行!吃饭都想让别人喂,还满嘴豪言壮语的!"裴春来说:"他不是受伤了嘛!""甭替他辩护!"杨岚跑了。郭鹏眨了眨眼睛,像发现了个大秘密似的:"我看,问题还有点儿微妙了呢!"几名男知青的宿舍旁接出了一间小屋子,那是杨岚的宿舍。杨岚跑进宿舍,坐在炕沿,连呸几声,流下泪来。在秀娥的屋子里,李晓安盯着面条愣了愣,自我安慰道:"没人体贴拉倒,自己动手,随心所欲!"

他端起碗,狼吞虎咽。刚放下碗,又左手黄瓜右手茄子地往嘴里塞,听到秀娥在屋外咯咯地笑。

李晓安朝门口看去,一道门缝关上了。接着,听见秀娥母亲低声训斥:"你这丫头,怎么变得没正形了!别人吃饭有什么好偷看的?"

……仰躺在床上的李晓安,无声地微笑了。回忆总像天堂一般美好,每每蛊惑着他,让他在往昔的岁月里流连忘返。

秀娥的手臂搂在他身上，她习惯地向他偎贴过来，手却还在摸索着。李晓安显然早已明白那意味着什么，他侧转身，轻轻拥抱住妻子，吻了她的头发一下。同时，他将自己的一只手握住了妻子那一只手。

黑暗中，两只手五指交叉静静地握着。窗外，下起雪来，李晓安听着雪花簌簌飘落的声音，感觉到怀里的妻子是那么的温暖。天亮了，雪已经停了。李老太太站在睡房台阶上打量着院子里的雪人，雪人的鼻子是一只尖尖的红辣椒，小院被清扫得干干净净。李老太太自言自语："这孩子，真是不知道愁，还有这一份儿闲心。"吴阿姨拎着早点从院外走进来。李老太太问："晓安早早就起来了？""他和儿子都睡着呢。""那这雪人，你堆的？"吴阿姨指了指大门外："我哪儿会，是您儿媳妇，都扫到街上去了。"李老太太踏下台阶，走出了院子。小街巷里，好些个男女老少在铲雪、扫雪。秀娥已扫到了街巷尽头，红头巾红得抢眼。李老太太向一位妇女打招呼道："徐主任，早啊。"街道徐主任回道："李校长，家里来亲戚了？"李老太太正犹豫着该怎么回答，吴阿姨在背后说："是李校长儿子从北大荒回来探家了，扫雪的是李校长儿媳妇。"李老太太回头瞪了吴阿姨一眼，意思是你嘴可真快。

徐主任高兴地说："难怪觉得不像咱们北京人。我这街道主任正寻思该动员大家伙清清雪呢，没想到你儿媳妇一大早就默默地做了榜样了。"

李老太太表情不自然地笑了笑。

徐主任说："你儿媳妇看着可真年轻，性子也好。我就没见过像她那么寡言少语的女子，问了她几句话，光笑，不是摇头，就是点头。哪儿像咱们街上的几个女人，一开口，嗓子里就像安了个喇叭，有时候我恨不得缝上她们的嘴。"

有人扑哧一笑；徐主任、李老太太和吴阿姨转头看，不是别人，正是秀娥，显然刚才在旁听着徐主任的话。秀娥有些不好意思地说："我以前也不是那么不爱说话。我精神受过刺激，疯过好几年。以后就不爱说话了，怕被人当成是疯话。"徐主任看看她，不禁瞠目结舌，一时不知做何反应才好。李老太太的表情顿时大为尴尬。秀娥接着说："如果我以后有精神不太正常的时候，街坊们可千万别见怪，更别笑话我，包涵我一点儿。"徐主任只是连连点头而已。"吴阿姨，还不让她进院里来？"李老太太愠怒地一转身，率先进院了。徐主任、吴阿姨和秀娥三人，一时都不自然。秀娥有些不安地问："我……我刚才说疯话了吗？"徐主任忙说："没，没，你刚才的话很正常。"吴阿姨商量地说："秀娥，咱进院儿去，啊？"秀娥一低头，走入小院去了。吴阿姨对徐主任笑笑，转身跟了进去。徐主任沉思着，良久回不过神来。扫雪的人们从她身旁经过，徐主任突然想起了什么似的："哎哎，都别先急着回家。大家到七号大院去，我有事提醒提醒大家！"

客厅里，李老太太和李晓安发生了争论。二人都尽量压低声音，但从他们的表情能看出来，母子各持己见。李老太太气得直哆嗦："这可倒好，不用别人猜疑议论，她自己先就宣传开了，可你还偏认为她说的不是疯话！"

李晓安解释："妈，我都快成精神病医生了。大多数精神病人，都是不肯承认自己患精神病的。秀娥起初也那样，听到谁议论她的病，她就恨谁，跟谁急。可现在，她肯承认自己患过精神病了。我那天忘了给她服药，她还会主动提醒我呢！妈，她的病情能好转到目前的程度，你儿子付出了很多心血啊！谁要是偏认为她说的那是疯话，就是没有精神病常识！"

李老太太冷冷地说："你也要求你妈成为精神病医生吗？我都这把

年纪的人了，肯定会让你失望的。至于你付出了很多心血，更加证明你早已对得起她了。即使当年欠下了她一笔感情债，我认为你也算还清了。"

李晓安不爱听，皱了皱眉，又不好发作。吴阿姨进来了，惴惴地问："都吃早饭吧？"李老太太吩咐："吴阿姨，想着，千万把家里那些刀啊，叉啊，总之一切可能伤人的器物，都给我藏好了。能锁起来的，都锁起来。"李晓安一听就更生气了，转身而去。

餐厅里，五人在吃早饭，气氛沉闷。谁也不说话，连喝粥的声音都显得很响。李欣喝光碗里最后一口豆浆时，秀娥小声问他："还喝吗？"李欣点头。秀娥拿起了儿子的碗，另一只手握住了豆浆盆里的勺。这一切都很正常，可在李老太太看来，似乎也值得提防。"吴阿姨，你给孩子盛。"李老太太一脸冰霜。吴阿姨领悟了她的担心，刚一伸手，李晓安已抢先了。"我来。"李晓安不高兴地说。李晓安刚为儿子盛完豆浆，李老太太又对吴阿姨说："以后记住，浆啊，汤啊，粥啊，热着的时候，别往桌上端，放一边儿。要不，容易烫着人。"吴阿姨用手试了一下豆浆盆："这豆浆不烫。"李老太太不快地说："我是说以后。"吴阿姨默默起身，将豆浆盆端走，放到了一旁的凳子上，并说："晓安，我吃好了。谁要是盛豆浆，你替我照应一下。"

她说完出去了。李晓安埋怨地说："妈，你看你，吃饭的时候也那么啰唆。人家吴阿姨凡事挺周到的，你何必呢？"李老太太丝毫不让："我叮嘱她，是我的责任。现在，家里情况不同了，我不叮嘱行吗？"李晓安抬杠地说："我就不明白了，情况有什么不同了？"李老太太生气了，轻轻一拍桌子："你是在审问你妈吗？人口多了，情况当然就不同了。"她一起身，怫然而去。李晓安看看妻子、儿子，只好苦笑。秀娥喃喃地说："晓安，我想咱们自己的家了。"

在街道委员会办公室里，徐主任循循善诱地劝着李晓安："你心里边也不要责怪你母亲。别人家儿女十多年前就返城了，你呢，都在北大荒十八年了，我看你妈够理解你的了，是不是？你父亲去世了，你是独生子，她也一天比一天老了，希望你回到她身边来，这也是人之常情。"

"可她不应该写信骗我，说自己患了癌症。我信了，心里着急，难受极了。"

"她那也是迫不得已嘛！知青办都快撤销了，现在，知青返城政策还适用于你，你情况特殊，一家三口都可以把户口落在北京。再拖下去，回来就难了。听我的劝，还是把表填了吧！"徐主任拉开抽屉，取出几张表递向李晓安，他犹犹豫豫地接了。

李晓安骑自行车的身影出没在北京的大街小巷。公安局、劳动局、邮电总局他都已经跑了好几回了。徐主任的话一点没错。当时，李晓安兴致勃勃地填着表，徐主任在旁边预告："手续可麻烦呢，都得你自己去跑了。工作也不是特别好安排，但咱们街道可以给你出一份证明。"李晓安还以为徐主任夸张了，现在每天疲惫地奔波在北京的大街小巷，他才想起徐主任那话里的担忧。

功夫不负有心人，李晓安终于有了工作——一名送信送报的邮递员。李晓安骑着自行车穿梭在熟悉的大街小巷中，偶尔觉得有些寂寞。巷道连着巷道，似乎没有尽头。一天的时间在单调的工作中显得特别漫长，他常常只好靠回忆来抚摸这枯燥的时光。他变得常走神，思想像一匹奔跑的野马，任意东西。

有一回，李晓安在煎饼摊前买煎饼，看着摊煎饼的人将鸡蛋摊在煎饼上，均匀地抹开。他盯着薄薄的一层生鸡蛋出了神，思绪又飞得很远……他记起了第一次摊生鸡蛋吃的滋味，很美。

那年收黄豆的时候,他们四个男知青要和村里的青壮农民比赛。

卷扬机将黄豆吐向空中,雨点儿般纷落而下。王全福戴着连肩帽,手持扫帚,站在豆堆上浮扫杂屑,他的双脚已被黄豆埋住了。铁皮的和柳编的两种撮子,快速地撮起黄豆装进麻袋。

知青和村里的些个青壮农民,轮番扛起麻袋,小跑着离开,飞速跑上两级踏板,将黄豆倒入豆囤。他们蹲下、钻肩、站起的姿势,显示着各自的技巧和实力,谁也不甘示弱。突然,秀娥将电闸拉下,豆雨渐停……所有人的目光都望向秀娥。踏板上,李晓安将黄豆倒入豆囤,将空麻袋往肩上一搭,迈着疲惫不堪的步子走下踏板。他走到第二级踏板那儿坐下了。接着,仰躺在踏板上,双臂软软地垂于空中,如同死在踏板上一般。赵凯等另外三名知青,也都就地东倒西歪。几个村里的青壮农民望着知青们笑,其中一个叫王海的指着李晓安说:"看那小子,累'惨歪'了,连踏板都下不来了。"秀娥生气地说:"王海,有这么干活的吗?你们是农民,他们是知青,能和你们相比吗?想累死他们呀?"王海嘟哝着说:"是他们都叫着喊着要和我们比的嘛!"秀娥更生气了:"他们不懂事,你们也不懂事啊?累吐血一个,你们谁负得起那责任?"青壮农民们都不言语了。王全福喝止女儿:"秀娥,你给我少说两句!"秀娥道:"我看不惯!"这时,李晓安已下了踏板。秀娥走到他跟前,小声地说:"跟我来。"

众目睽睽之下,李晓安跟在秀娥身后,绕到一个豆囤后边去了。

王全福很没面子地大声说:"休息一会儿!"他蹲到一边去卷烟,疑惑重重地望着那豆囤。

豆囤后面,秀娥掏出一个鸡蛋,一边剥皮一边说:"刚才就想偷偷给你,没机会。"李晓安盯着她手中的鸡蛋看,咽口水。突然另一只手将鸡蛋夺去——赵凯和郭鹏他们不知什么时候冒出来了。赵凯拿着抢到手的鸡蛋,瞪着秀娥说:"都是知青,你为什么总偏心他一个?"秀娥理直气壮地说:"他比你们都小!"裴春来回应道:"他只比赵凯小一岁,比我小半岁,比郭鹏小三个月!"秀娥的语气蔫了下去,但嘴上仍倔:"那也是小!"李晓安一跃而起,去夺赵凯手中的鸡蛋,裴春来和郭鹏也参加了抢夺。鸡蛋滚落地上,不知被谁的脚踢了一下,滚开去。又不知从哪儿溜达过来一头带着几头小猪的老母猪,鸡蛋被老母猪吧嗒吧嗒吃了。大家目瞪口呆,只有叹气的份。"你们晚上都到豆腐房去,有好吃的给你们解解馋。"看他们垂头丧气的样子,秀娥说。大家忙问吃什么,秀娥一脸神秘地说暂时保密。

晚上,秀娥率领四名男知青贼似的来到豆腐房外。秀娥的二姨夫正在豆腐房里刷洗东西。秀娥走进去,搭讪地说:"二姨夫,做好豆腐了吗?"

"刚压出一板,还热乎呢。""二姨夫,我二姨派我来找你,让你立刻回去一下。""是吗?那你替我在这儿看会儿。"二姨夫用围裙擦擦手,摘下,挂到墙上,走了。知青们闪人进来。秀娥掀去盖豆腐的纱布,一板白白嫩嫩的豆腐呈现在他们眼前。赵凯失望地说:"就让我们集体来吃豆腐啊?"

秀娥道:"我们农民可是管豆腐叫素肉的!蛋白质含量可高了,这一点你们应该比我懂。"赵凯嘟着嘴:"含量高也不过是植物蛋白。"看他们嘟嘟囔囔的,秀娥的气就上来了:"植物蛋白也是蛋白!反正我觉得你们缺蛋白。这豆腐我们村里人平时还舍不得吃呢,是要送到镇上为集体去换现钱的。"郭鹏嬉笑着脸:"那,也得好吃呀。这怎么吃啊?"秀娥对李晓安说:"打开我给你那布包!"李晓安打开了拎着的布包,里边是一碗酱、一把剥好的葱、几个馒头、两个鸡蛋、瓷勺、摊煎饼的摊子……秀娥先将碗里的酱倒在豆腐上,接着将两个鸡蛋也打在豆腐上,再接着用摊子反复刮了几刮,最后分给每人一把小勺、一个馒头、一根葱。秀娥望着大家说:"这样公平了吧?都请吧!"四名男知青看看改版了的豆腐,犹豫着。秀娥命令道:"李晓安,你带头。"李晓安下勺子了,吃一勺,连道:"好吃!好吃!"赵凯几个也终于下勺子了。在一片"好吃"声中,大家吃得不亦乐乎。秀娥忙说:"别抢,得给杨岚留一份儿!"她打开一个饭盒,装满了一饭盒豆腐。接着,自己也开始吃起来。那一年,农村正在开展"割资本主义尾巴"的运动,村里杀一只猪得上报公社,公社还得上报县里,批准了才可以。每家每户只许养一只母鸡,不许同时养公鸡,怕母鸡孵蛋生出小鸡来,结果资本主义泛滥成灾了。虽然李晓安几个更想获得的是动物蛋白,但在没有的情况下补充点儿植物蛋白他们也心满意足了。

知青们狼吞虎咽地吃着,转眼一板豆腐已是"山河破碎",而大家则撑得一个个直抚肚腩,打饱嗝。赵凯说话了:"哎,哥几个,高尔基有一篇小说叫《二十六个和一个》,你们都知道不?"

只有李晓安点头,郭鹏和裴春来发愣,显然都不知道。"晓安,你说说那故事。"赵凯又往嘴里送了一勺豆腐。李晓安有些卖弄地说起来:"高尔基是以第一人称'我'来写的。好比他小说里的我,就是现在的我,我和另外二十五个面包工人,同时爱上了一个经常来买面包的姑娘。当然,那姑娘对我,更有好感一些,那是一些男人对一个女人的……特别的爱……"秀娥惊讶地问:"几个?"李晓安回答道:"算'我'二十六个,所以小说叫《二十六个和一个》。"

赵凯扬起一只手说:"打住。都听我接着说,咱们哥几个和秀娥的关系,那也应该是四个和一个的关系。四个也不少了,真二十六个那么多,秀娥就不知道该怎么办了。"

李晓安望着赵凯:"你的意思是,秀娥除了对我好,还要对你们几个好?"

赵凯严肃地说:"正是。你经常想家,我们也经常想家。你有时候空虚,我们也有时候空虚。大家都同样需要感情安慰,难道你还有什么意见不成吗?"

所有人的目光,包括秀娥的目光,全都盯在了李晓安脸上,等着听到他的回答。李晓安想了想说道:"要是,你们都尊重我的优先权,我就没什么意见。"秀娥瞪着李晓安问:"你可是优先的什么权?"李晓安嗫嚅地说:"就是……就是……这还用我说吗?你心里有数啊!"秀娥疑惑地睁大了眼睛:"我怎么就应该心里有数?"李晓安坏笑:"以后我单独告诉你。"

秀娥啪地扇了李晓安一个大嘴巴子,恼怒地说:"流氓!"李晓安捂着脸自我辩护道:"人家高尔基笔下连二十六个和……"

秀娥又扇了他一个大嘴巴,她霍地站了起来。"畜生!你们几个全都是畜生!没一个好东西!连那个姓高的也不是什么好东西!我再也不关照你们了!"她拔腿跑出豆腐房去了。

李晓安抱怨赵凯道:"都怪你!你扯什么高尔基呀!"他难过得都快哭了。赵凯辩解道:"我也没什么不好的意思呀,无非就是希望,她把她和你那一种良好的关系,以后也匀一点儿给我们,这怎么就成了流氓,就成了畜生呢?"

郭鹏道:"爱情是自私的,不能匀给别人。"裴春来试探着问道:"晓安,你和秀娥……你们……"李晓安生气而且大声地说:"我们之间什么事儿也没发生!""好好好,相信,相信。那你生的什么气嘛!"裴春来又兴趣浓厚地问赵凯,"哎!你接着讲讲,二十六个和一个,都有些什么故事?具体点儿!"赵凯用一根大葱打了他的头一下:"你就对男女间的破事儿感兴趣!"裴春来笑着说:"对对!快讲讲二十六个和一个的破事儿!"李晓安抗议地大吼:"不许再讲!"外边传来秀娥二姨夫的声音:"秀娥,你给我出来!你闲得没事儿骗我干什么?"赵凯惊呼一声"不好!"他们一齐站起来,扑向后窗,争先恐后跳窗而去。二姨夫进了豆腐房,看着好端端的一板豆腐的下场,双手往腰里一叉,极其生气。

李晓安吃完鸡蛋摊煎饼,看看表,已是下午四点多了,他的邮袋里还有不少报纸。他扶着自行车把,叹一口气,望着胡同口的一块街牌迷惑。

他向几个踢毽子的女孩打听地址,女孩们抢着告诉他。李晓安将一份报插在一个报箱里,刚一转身,被一位老大爷叫住了:"哎哎哎,别走。日报都成了晚报了,也不说几句道歉的话吗?""大爷,实在对不起,我刚参加工作,对这一片不熟。"李晓安不住地道歉。"刚参加工作?"老大爷打量着他,问,"是返城知青吧?"李晓安苦笑,点头。"那你回来得可够晚的了。我儿子也下过乡,不难为你了,走吧走吧!"老大爷朝他摆了摆手。李晓安却从邮袋里掏出几封信,问:"大爷,你看这几个地址我该怎么走啊?"

老大爷接过信,一一看过后,说:"都交给我吧。放心,我一定替你挨家挨户送到。"李晓安犹豫地说:"这……我们有严格规定……""我都说了叫你放心,你还有什么不放心的?"老大爷由于自己并不被信任而稍稍有点生气。"大爷,那就谢谢了,我还有这么多报没送到呢!"李晓安不好意思地笑笑,跨上自行车走了。

天气很好,李老太太琢磨着该剪剪头发了。李欣手拿抹布,在客厅里认真地这擦擦,那擦擦。李老太太坐在椅子上,胸前罩块布,等待吴阿姨给她剪头发。李欣问:"奶奶,怎么不到理发店去剪?""奶奶老了,腿脚懒了,多少年都是吴阿姨在家里给剪。"李老太太和孙子说话,语气总是挺慈祥。李欣嘴巴很甜:"奶奶不老。奶奶的一头白发,特有风度。"李老太太苦笑:"我孙子真会安慰我。别擦了,做作业去吧。"李欣认真地说:"爸爸嘱咐我,要多和奶奶聊天,增进感情。"李老太太又笑了,这一次笑得挺愉快。但她的笑容立刻从脸上消失了,因为秀娥悄无声息地走了进来。婆媳二人对视着,气氛一时又不寻常了,甚至还使人感到有点儿紧张。秀娥轻声问:"妈,你怕我?"李老太太不情愿地摇头。"妈别怕我。其实,其实我没什么可怕的。"秀娥发现了窗台上的剪刀,走过去,拿在手里,试着剪动了几下,问:"剪刀快吗?"李老太太声音极小地说:"快。你别……"秀娥笑着,继续剪动剪刀,走向李老太太。李老太太的身子往椅背上靠,眼里充满畏惧。李欣大声制止她:"妈!"吴阿姨一脚迈入,见状大惊,也制止道:"秀娥……"秀娥仿佛既没听到儿子的话,也没听到吴阿姨的话,她绕到了母亲背后。一截白发落地……

又一截白发落地……

秀娥为婆婆剪发的样子,像一位熟练而自信的理发师似的。李老太太却一直全身绷紧着,害怕的目光一会儿望向吴阿姨,一会儿瞥向孙子。吴阿姨和李欣屏息敛气地关注着。

"剪好了。"秀娥高兴地说,"儿子,拿镜子来。"三人都暗舒了一口气。李欣立刻将窗台上的圆镜捧到奶奶跟前——镜中出现了李老太太的脸,剪过头发以后,她确实显得年轻了几岁。秀娥笑着问:"妈,还满意吗?""满意,满意。"李老太太不住点头。李欣看着奶奶新剪的头发,高兴地说:"在我们村,以前不少女人都找我妈妈剪头发。"秀娥拉住李欣说:"儿子,奶奶喜欢静,跟妈回咱们屋去吧。""奶奶一会儿见。"李欣很有礼貌地说。母子二人拉着手走出了客厅。吴阿姨欣赏着李老太太的头发说:"比我剪得好。"李老太太想站起来,却没能站起。她的腿都吓软了。李老太太无力地说:"吴阿姨,先别扫,扶我去洗头发。"吴阿姨扶李老太太走出了客厅。椅子的两副木扶手上,留下了清清楚楚的双手握过的痕迹——那是手心出的汗造成的。

天黑了,披一身雪的李晓安,推着自行车寻寻觅觅地走在另一条同样陌生的街巷中。他遇见了杨岚。"晓安!"杨岚惊喜地叫住了他。"没看出是你,刚下班?""我姑妈住这儿附近。父母去世后,我和姑妈一块儿生活。怎么样,对工作还适应吗?"李晓安诚实地摇摇头:"不是那么太适应,主要是街道不熟悉。看,还有几份报没送到呢?""把地址给我看。"李晓安默默把地址单递给杨岚,杨岚接过去走到路灯下,看了一会儿,说:"这一片我已经比较熟悉了,我陪你送。"李晓安叹口气说:"说实在的,我的心早飞回家了——我不放心秀娥和我妈的关系。"杨岚笑着说:"那就听我的,跟我走吧!"李晓安推着自行车跟随在杨岚身旁。小街巷寂静无声,两人的身影在昏暗的街灯下显得有点苍凉。偶尔,有小商贩骑着三轮车收工回来,按着车铃从他俩身边过去,两人只好闪到路边。三轮车走远,悠长的巷子又归于寂静。他们慢慢地走着,有一搭没一搭地说着话。

"真没想到,你居然会成为一位精神病主治医生。""我原本是想成为小儿科医生的,只能说是命运的安排吧。你和秀娥,不也像是命运的安排吗?""是啊。""据我所知,赵凯他们三个,当年可忌妒你了。""我知道……"李晓安开心地笑了笑。他怎么会不知道赵凯他们忌妒他呢?当年那种令人心颤的幸福,赵凯他们怎么可能不忌妒呢?那些如水般逝去的美好岁月,每次回望,他自己都会心悸不已。

在白桦林里,李晓安和秀娥对面而立,各自拎着篮子。他们不期而遇。秀娥头一低,想从李晓安身旁走过去,李晓安挡住了她的去路。

她左走，他左挡；她右走，他右挡。二人又对面而立了。秀娥的表情和语调都很不自然："你干什么呀你？"李晓安道："我只想向你解释清楚，其实，那天我们没什么坏想法，你误会了。""我知道。""那你为什么扇我耳光？""我也不明白，后悔死了，都不好意思再见到你了。"李晓安笑了："那，咱俩就算和好了？"秀娥也笑了，点头，随即又正色道："也不能这么随便就和好吧？""那你想让我怎么样？"秀娥又不好意思地一笑："为我……在这儿表演口奏！""口奏那得需要饱满的激情，我这会儿激情不够。"秀娥失望地垂下目光。"我为你吹口琴吧！"李晓安不忍让她失望。秀娥抬起头，一脸高兴："行！"李晓安放下篮子，掏出口琴，眼望着秀娥吹起来。秀娥也放下篮子，靠着一棵白桦树，望着他，入迷地听。李晓安一边吹，一边跃动起来。他得意忘形，绕着秀娥和那一棵白桦树转着。秀娥也随之转身，微笑着，目光始终离不开李晓安。李晓安来劲了，将口琴抛向秀娥，被她接住。"口奏开始——西班牙斗牛士舞曲，皇家乐队伴奏！小提琴合奏！……萨克斯……铜鼓！……"李晓安将林地当成舞台，将一棵棵白桦树当成道具，舞得那叫疯狂！他舞到哪儿，秀娥就跟到哪儿，笑得咯咯嘎嘎的，别提有多开心了……

这么多年过去了，一想起来，李晓安仍忍不住从心底漾出笑意来。那是多么美好的时光！真的，赵凯他们怎么会不妒忌呢？

送完报纸，杨岚先回家了。李晓安将自行车推进小院，厢房里传出秀娥咯咯嘎嘎的笑声。李晓安支好自行车，拍拍身上的雪，望一眼厢房，先走入了母亲的屋，见母亲正在织活儿。"妈，剪发了？年轻多了。"看母亲剪了头发，年轻了，李晓安感到高兴。李老太太微微一笑："是秀娥给剪的。""唔？"他有些意外，随即欣慰地笑了："妈，其实秀娥挺可爱的是吧？"李老太太没接话，问："饿不饿？""饿倒不饿,就是在外边一白天,心里总惦记着家,生怕秀娥在家里惹您不高兴。""不饿,就先陪妈说会儿话。"李晓安在椅子上坐下了。

偏房里,儿子李欣在写作业,秀娥在剪纸。秀娥剪好了一只大公鸡,押在手中,自我欣赏了一会儿,挺满意的。她吩咐李欣:"儿子,给你奶奶送去。"李欣头也不抬:"人家正写作业呢。妈,你应该自己给奶奶送去,那奶奶会更高兴的。"秀娥犹豫片刻,用一张旧报将剪纸夹好,卷起,走出屋去。

她走到婆婆的睡房前,听到李晓安和婆婆正在说话:"儿子,你心里究竟怎么打算的?""妈,我不是已经听从了您,把我们一家三口的户口落下了吗?"母亲的声音不高兴起来:"就一直打算和秀娥,这么过下去了?""妈,我爱秀娥。她也那么爱我。虽然她有时候精神不好,但那我俩也没法分开了。""怎么就叫没法分开了?""妈,你又说这些!我要是不爱她,能为她前后在北大荒生活了十八年吗?""北大荒是北大荒,北京是北京。将来怎么办?李欣要上中学,上高中,上大学。就靠你当邮递员每月一份工资,能行吗?"李晓安不爱听,却也不反驳,他低下了头。母亲语重心长地说:"妈是这么替你考虑的——妈补偿了十来年的工资,那也算是不少的一笔钱了。秀娥她父母,不是也总觉得愧对于你吗?不是也说过,同意你们离婚的话吗?过些日子,你还是亲自把秀娥送回去吧!带上妈存下的那一笔钱,留给她家。这么做,不也算仁至义尽了吗?"李晓安有些急了:"妈,我和秀娥之间,那和仁和义都没什么关系啊!我说过多少次了,我爱她!"李老太太一时语塞,愣愣地看他。"妈,我再说一次,我当年和秀娥结婚,我为她在北大荒多生活了八年,不是因为别的,是因为我爱她!"李老太太气得声音发抖:"我看你也精神不正常了!"秀娥仍在门外听着,她眼里含着泪,默默转身走了。

房间里，李晓安已站起，母子二人互相瞪着。

李老太太终于挥了挥手："你先过去吧。"

李晓安拔脚便走。

来到院子里的李晓安呆立着，仰脸望天——月亮又大又圆，清辉满地。小小的院子里铺满了月光。他有些怀念北大荒的月光了。月下，土地是那么广阔，他和秀娥是如此相爱，就像一轮满月，没有一丝云翳的遮挡。然而，北京院落里的月光太凉了，凉得他心里有些发痛。

李晓安推开了偏房的门，见秀娥呆呆地坐在床沿。

儿子转身说："爸，妈妈今天为奶奶剪头发了。"

李晓安闷声应答："知道了。"

"妈妈还为奶奶剪了一只大公鸡。"

"别跟我说话，我今天累。"李晓安说完，往床上仰躺下去。

秀娥幽幽地说："晓安，我又想咱们北大荒的家了。"

李晓安霍地坐起："我不是说我今天累了吗？"

母子二人怯怯地看着他，一时噤若寒蝉。

夜晚，夫妻二人的手又五指交叉地握在了一起。

李晓安小声说："我刚才情绪不好，没生我气吧？"

秀娥善解人意地说："没。"

"秀娥，有一件事情，需要你为我做出牺牲。"

"我愿意。"

"我妈老了，我不能不为她考虑。我决定留在北京，不做北大荒农民了。""行。""我也把你和儿子的户口落在北京了。没有你们，我在北京不会感到幸福。"秀娥往李晓安怀里一偎，哭了："我爸妈也老了，那他们以后怎么办呢？""以后我们经常回去看望他们。"黑暗中，李欣担忧地问道:"姥姥和姥爷也可以到北京来看咱们吗?""那当然。"李晓安答道。

天亮了。秀娥在院子里认真地擦着李晓安那辆邮递员自行车,一抬头,见李晓安已站在跟前。秀娥语调幽幽地说:"抱抱我。"李晓安皱眉道:"别撒娇。"秀娥固执地说:"抱抱我。""下不为例啊!"他应付地拥抱她。吴阿姨一脚从客厅迈出,见状缩回了脚,对李老太太笑道:"瞧他们小两口,亲热劲儿的。"李老太太其实也从窗口看到了,听了吴阿姨的话,反而将头一扭,长叹一口气。秀娥的双手反而搂抱住了李晓安的腰,不放开他。她乞求地说:"亲亲我。"李晓安不耐烦地:"你说你这是正常啊,还是不正常啊?"秀娥固执地说:"亲亲我。"李晓安只得应付地亲了她一下,然后轻轻推开她。秀娥呆呆地看着李晓安推自行车走出了院子。李老太太疑惑地问吴阿姨道:"他们那正常吗?""不好说……反正我看晓安的精神是一点儿毛病也没有。"吴阿姨答道。

李晓安从一家书店前驶过,不经意地朝里望了望。春节快到了,橱窗里挂满了大大小小的挂历。他的车本已驶过去,却刹住了,推着回转到橱窗前,驻足观看起来——其中一幅风景挂历的首页是冬季的森林,正是这一幅挂历吸引住了他的目光。

他锁上自行车,对看自行车的人说:"费心帮我关照一下我的车好吗?我进去买幅挂历就出来。"看自行车的人痛快地说:"没问题,去吧去吧。"他匆匆走入书店。

中午,在邮局休息室里,吃过饭的年轻邮递员们在打扑克。李晓安面前摆着一份没动过的盒饭,而他坐在那儿陷入沉思。李晓安从兜里掏出了一个长形的绒布套,布套与皮带之间还连着链子,他从布套中抽出的是口琴。李晓安吹起了口琴。琴声悠扬,隐有淡淡的忧伤。

休息室里顿时安静下来,小伙子们的目光都落在他身上。

在口琴声中,李晓安的心柔软得很。那飘扬的音乐仿佛在追忆着一切已经悄然流逝的过往,在追忆着那段刻骨铭心的岁月。李晓安的心轻轻地飞了起来……

李晓安和几个知青坐在爬犁上,村里人来送他们,其中也有王全福和秀娥的二姨,但是不见秀娥的影子。李晓安收回目光,失意地垂下了头。赵凯小声说:"秀娥她怎么也不来送送咱们哥几个,太不够意思了!"李晓安说:"也许她有事吧。"他这话更像在安慰自己。村支书又一次嘱咐:"你们第一次进山伐木,可一定要注意安全啊!"他挥挥手,爬犁行驶了。

爬犁驶离了村子,李晓安还闷闷不乐地低着头。突然,赵凯兴奋地喊:"看那是谁?"雪路边站着秀娥——红头巾红得耀眼,臂弯挎着一个小篮,用块旧的蓝白花布罩着。赶爬犁的王海,在秀娥站立的地方勒住了马。秀娥走到爬犁跟前,将篮子交给李晓安,并掀开他一只帽耳朵,对他耳语。李晓安嗯嗯地点头。爬犁又行驶了,秀娥在原地招手。王海好奇地问:"晓安,秀娥给了你一篮子什么啊?神神秘秘的!"李晓安神秘地回答:"不是给我一个人的,是给我们四个人的。叫我们到了山上再看。"

到了山林中,知青们支起了帐篷。赵凯、郭鹏、裴春来三人围着李晓安,李晓安郑重地掀去了篮子上的蓝白花布——篮子里居然卧着一只母鸡!

李晓安将母鸡抱出篮子,放在地上:母鸡居然还在半道下了一只蛋!裴春来高兴地说:"今晚就把它杀了,炖一锅汤,哥几个补补身子!"李晓安可不答应:"你敢!秀娥说了,它隔一天下一个蛋。她说是借给咱们的,除非有人生病了才许杀它。"

赵凯笑着说:"我又想起了高尔基的《二十六个和一个》,如果咱们之中将来谁成了作家,写一篇小说叫《我们四个和一个》,那也准能是一篇好小说。"

郭鹏打趣说:"得得得,别提高尔基了,提高尔基人家晓安脸上又火辣辣的了。"大家都笑了。 在山里,四个知青把那只老母鸡奉若神仙。 它也特够意思,一个月里能下二十几个蛋。他们四个人,差不多每星期都能吃一次煮鸡蛋。伐木是挺辛苦的活。赵凯还真感冒了一次,发了两天高烧。两天没正经吃饭,一下子瘦得眼窝都塌下去了。晚上,李晓安充当起赤脚医生,他专心地为赵凯挤脑门,挤得脑门一处处发紫。 赵凯躺在帐篷里有气无力地问道:"鸡呢?我怎么听不到它的动静了?"郭鹏答道:"老老实实在草堆上趴着呢。"赵凯不肯轻信:"抱过来看看。"裴春来将母鸡抱给他看。 赵凯摸了鸡一下,警告地说:"谁要敢动它的坏念头,别怪我病好了和谁玩命。"伐木的工作终于结束了,四个人都瘦了一大圈。"知青回来啦!"——随着一个孩子的喊声,许多孩子从小学校跑出,追随进村的爬犁。拎着篮子的赵凯下了爬犁,溜往秀娥家的院子。 赵凯将母鸡放入王家的鸡窝里,自言自语说:"好借好还,再借不难。"秀娥在屋里趴窗望着赵凯离开自己家院子的背影,抿嘴一笑。 炕上有剪刀和彩纸,她刚才剪纸来着。秀娥母亲从外走入院子,发现了母鸡,乍惊还喜地说:"哎呀妈呀!宝贝儿你跑哪儿去了?这两个月里你可把我给想死了!"她抱起鸡,像抱着自己的孩子,开心地说:"你咋一点没瘦,还胖了呢?"

终于把天盼黑了。 在麦场上,李晓安低低唤着:"秀娥……秀娥……"秀娥从粮囤后闪出,悄声说:"这儿呢。"李晓安一下子拥抱住了她,随之捧着她的头欲吻,却又没吻——秀娥的头巾硬邦邦的,像骑士的头盔。李晓安吃惊地说:"你……"秀娥一笑:"我刚洗完头。"

李晓安望着秀娥,感动得说不出话。秀娥说:"我也想不到你今晚就要见我呀。""跟我来!"他拉起秀娥的手就跑。 在知青宿舍里。李晓安在吹口琴,赵凯往铁炉子里添柴,秀娥在炉旁烤头发,烤得冒起水气来。裴春来拎着秀娥的头巾,也替她站在炉旁烤。郭鹏在往糊了报纸的墙上贴剪纸。郭鹏边贴边说:"秀娥,谢谢你为我们每个人都剪了一张像啊!可惜没有相框镶起来。"裴春来忙说:"什么话!你是猪吗?剪的是我们吗?"郭鹏乐了:"说错了说错了,剪的是咱们的属相!"秀娥一笑:"我没事儿剪着玩儿的,那也值得谢啊!"她说罢,目不转睛地看李晓安。李晓安吹着口琴,含情脉脉地看着她。 没有人再提《二十六个和一个》了,但四名知青和一个北大荒姑娘之间的关系,被炉火,被口琴声烘托得让人心里暖乎乎的。

知青们都躺在床上了。赵凯打破了寂静:"晓安,我觉得,秀娥她爱上你了。"李晓安借着月光,望着墙上的剪纸说:"我觉得,我也爱上她了。"郭鹏和裴春来一齐翻身趴着了,没有作声。 赵凯和李晓安却聊得更起劲了。

赵凯好奇地问:"那,秀娥她对这件事,怎么想的呢?"

"不知道。我们连爱这个字,都没互相说过。"

"那,你怎么想的呢?"

"我最近才开始想,还没想明白。"

李晓安也一翻身趴着了。

赵凯说:"你可得想明白。有些事,不想是不行的,不对的;不想明白更不行,更不对。""是啊。"李晓安打了个呵欠。"你们拥抱过了吧?""也亲吻过了吧?"郭鹏和裴春来接连发问。 赵凯以长辈的口吻告诫道:"晓安,你可千万别超过那些界线。"李晓安兴奋起来:"如果今天晚上我吻了她,就是我的初吻了。可看见她那样子,我心疼,哪儿还顾得上吻啊。"他的三名知青战友齐声叹息。赵凯拍拍他的肩膀:"好事多磨,日子长着呢!"他们似乎都在为他惋惜。

隔一年的冬天,李晓安回北京探亲去了。他在北京待了小半年,为的是要淡化已然发生的爱情,但却根本做不到。他让自己努力不要去想秀娥,但忍不住常给她写信,还早早地就告诉了她回去的日期。

李晓安回北大荒的时候正值初夏,大片大片的白桦林都已换上嫩绿色的短裙。秀娥背靠一棵白桦站着,李晓安背着黄书包跑到她跟前,一往情深地看着她。跑过来的李晓安并没气喘,倒是秀娥高耸的胸脯大起大伏着。李晓安从书包里掏出一个小纸盒,递给秀娥。秀娥接过去,无言地打开,竟然是红色的乳罩。秀娥意想不到地看着李晓安。李晓安咧嘴一笑:"丝绸的。""干吗给我买这么贵的东西?""兜兜是小女孩戴的,也不知道合适不合适。""那你转过身去,不许偷看。"李晓安转过了身,并且自觉地闭上了眼睛。一棵棵白桦树的眼睛无声地看着秀娥娇美的身段。秀娥好不容易才扣上,低头瞅了一眼,羞得脸红红的。"转身吧。"秀娥娇羞地说。李晓安缓缓转过身,看见秀娥抱着上衣和红胸兜故意遮住了胸部。李晓安笑着问:"合适不合适?"秀娥缓缓展开双臂——白皙的肌肤、红色的乳罩明晃晃地呈现在李晓安眼前。李晓安上前几步,紧紧搂抱住秀娥的腰肢,秀娥的手臂垂下了。衣服和红胸兜落在遍是陈叶的林地上。亲吻……仿佛要彼此吸出灵魂的亲吻……白桦林旋转起来……

知青宿舍里,赵凯三人在打扑克,输者脸上贴着纸条。李晓安突然闯入,激动地说:"我们……那样了!"赵凯三人愣愣地看他……郭鹏问:"拥抱了?"李晓安凑过来,挤出地方坐下。他仍很激动,傻笑着点头。裴春来有些忌妒地说:"不止拥抱了吧?"李晓安得意地说:"还亲吻了!"裴春来突发一声喊:"揍他!"于是他和郭鹏扑倒李晓安,施以拳头。只有赵凯没动,喊住大家:"够了,别胡闹了!"惩罚结束了,李晓安的鼻子出血了。赵凯掏出手绢,丢给李晓安。裴春来仍握着拳头,问坐在地上的李晓安:"知道为什么揍你吗?"李晓安糊里糊涂地摇头:"不知道。"裴春来道:"因为我们也都喜欢秀娥。"李晓安提高声音喊道:"可我是爱她!爱者优先。"赵凯有些惊讶:"你爱她?""当然!""说不定哪一年,会允许我们返城的。"赵凯提醒他。"我带秀娥回北京!""如果不行呢?""我宁愿为秀娥留在北大荒!"

赵凯批评起裴春来和郭鹏来:"他有这份决心,你们揍他,那就揍错了。"又对李晓安说:"以后可要好好爱秀娥,不许在她面前摆北京人的臭架子。"李晓安从地上爬起来:"那怎么会呢!心爱的人在哪里,幸福在哪里。以后秀娥就是我的另一半儿,没人舍得抛开自己的另一半儿。"裴春来笑着说:"这家伙,哪儿学的话?""我自己的话!在北京的那几个月,我几乎天天想我和秀娥的事儿,思想产生了飞跃!"赵凯抚了李晓安的头一下,笑了。裴春来和郭鹏也不由得笑了。连李晓安自己也笑了。

在大家的笑声中,宿舍门猛地被推开,跨入泪流满面的杨岚。她指着李晓安哭道:"李晓安!我可是冲着能和你在一起才来到北大荒的!"杨岚说罢,一转身跑了出去。

李晓安追到她的宿舍门前,使劲推门,但推不开。赵凯三人也跟过来了。郭鹏道:"我早就说过,情况会复杂的。"李晓安无辜地说:"可我,我……"赵凯将一只手轻轻拍在他肩上:"以后,我找机会劝她吧。"

后来,杨岚调到公社卫生院去了。就在那一年冬季,赵凯应征入伍了。乡亲们将穿上军装的赵凯送到村口。赵凯朝李晓安招手:"晓安,过来一下。"李晓安随赵凯走到一旁。赵凯小声说:"去跟秀娥说,让她亲我一下,要不我不上马车。"李晓安将秀娥扯到一旁,也小声说:"赵凯让你亲他一下。"秀娥惊讶。李晓安补充道:"要不他不上马车。"秀娥望向赵凯,赵凯正期待地望她;秀娥望向父母,父母正疑惑地望她。秀娥不再犹豫,大大方方地走到赵凯跟前,当众亲了赵凯一下。秀娥的父亲显然感到当众受辱了,扯着母亲转身就走。村支书大声说:"大家都别误解啊!这不属于男女作风问题。这是一种,那个那个,光明正大的阶级感情、革命感情!"

众人都笑了。秀娥在众人的笑声中不好意思起来,一扭身跑了。心满意足的赵凯向众人敬礼,终于坐上了王海驾驶的马车。

秀娥一回到家,王全福就对她大发脾气:"你你你,你叫我和你妈的老脸往哪搁啊?!"秀娥死不认错:"我亲他一下怎么了?我喜欢他们!""还他们!你这是大姑娘说的话吗?我今天非管教你不可!"他边说边脱下了一只鞋。秀娥逃离了那屋。秀娥的母亲叹口气道:"唉,我看,该给她找婆家了,早点儿嫁了就省心了。"

李晓安正沉浸在琴声和回忆中,一名中年邮递员出现了,着急地对他说:"李晓安,快回家去!"李晓安停止吹口琴,一下子站了起来。"你们街道主任把电话打到了这里,说你爱人失踪了……"李晓安没来得及把话听完,立刻跑出了休息室。中年邮递员对旁边的几个人说道:"你们几个,一会儿上路了也要留意一下,说不定还真会让你们碰见。"一名年轻的邮递员说:"连照片都没见过,怎么能知道是不是?"中年邮递员说:"如果三十六七岁,红头巾,花袄罩,看起来精神有点儿不正常,那就差不多是。"

李晓安家院子里一下子全乱了。李老太太拽住李欣的手不放,而李欣挣脱着想往外走,他哭着说:"奶奶你放开我,我一定要去找妈妈！"

　　李老太太也抹着眼泪："孙子，你可往哪儿去找哇？你要是再丢了，我可怎么向你爸爸交代啊！"吴阿姨手拿半页纸，也劝李欣："好孩子，听你奶奶的话，啊？"

　　李晓安闯入，李老太太松开了李欣的手。李欣扑在爸爸身上："爸，要是找不到妈妈，我不在北京待了……"他抽泣的小身子一起一伏的。

　　李晓安望着母亲说："妈，自从我们回来以后，秀娥她也没做错什么事啊！"李老太太张张嘴，没说出话来。吴阿姨在旁边打圆场："晓安，你错怪你妈了，你妈没惹你媳妇不高兴，是我们都没留意到。"

　　吴阿姨将手中的半页纸递给李晓安，李晓安接过看。那是秀娥留给他的一封短信："晓安，十几年来，我实在是拖累你了。有时候我也觉太内疚了，可是，又舍不下我们之间的那一份爱，还有我们的儿子。我不能再自私下去了，我要回北大荒，你再找一个好女人吧……我写的都是正常的话……"

　　街道徐主任进到了院子，她掏出手绢边擦汗边说："这一顿电话打的，我都出汗了。晓安，晓安妈，你们千万都别急啊！我把咱们街道的闲人都发动起来了，都四面八方帮着去找了。我通知了北京站派出所，通知了你当年的几个知青伙伴。"

　　院门又开了，赵凯、郭鹏、裴春来三人风风火火跑进来。

　　在北京站一个拥挤的候车厅里，站着一对年轻夫妻和一个女孩。

　　女孩手拎笼子，笼子里是一只小黑兔。秀娥蹲在女孩子跟前，欢喜地看着笼子里的小黑兔。当妈的埋怨女孩："哭着闹着非要买，现在根本不让拎进站，怎么办？"当爸的试探着说："要不，偷偷放这儿吧！"女孩快哭了："不嘛！""给我吧。"秀娥恳求地说。一家三

035

口一齐看她。秀娥不好意思地解释道:"我家也养着一只,是白色的。一黑一白凑一对,它们一定挺高兴的。兔子也喜欢有个伴啊!"女孩痛快地说:"行!"当妈的说:"兔子可以白给你,笼子不能白给你!"秀娥摘下了头巾:"那我用头巾兜回家去。"那一家三口走了。秀娥抱着用头巾包住的小兔,一边喜爱地抚摸小兔的头和耳朵,一边喃喃自语:"小兔小兔三瓣嘴儿,长长的耳朵不一般长的腿……"

候车厅里响起了广播声:"下面广播寻人启事,下面广播寻人启事,如果有谁发现一位三十六七岁戴红头巾的妇女,请马上向车站工作人员报告。"

广播声中,形形色色的人从秀娥身旁走过,却没谁注意她——因为她已经不戴着红头巾了。

天黑了——李晓安家客厅里聚了很多人,除了赵凯、郭鹏、裴春来、杨岚,还有街道徐主任和派出所的一位民警。民警提议道:"如果你们家人同意的话,寻人启事明天就会见报。由我们出面,是免费的。"郭鹏担心地说:"就怕已经在火车上了。"裴春来道:"那可麻烦了,谁知道她上了哪儿到哪儿的车呀!"杨岚安慰道:"晓安、伯母,你们也不要太着急上火了。据我看,秀娥的病情已经相当稳定了,她完全不同于丧失了正常意识的病人。"李晓安则在大口大口地吸烟。徐主任劝李老太太:"别太急,急也没用,我觉得你儿媳妇丢不了。"

正在大家七嘴八舌的时候,门突然开了——秀娥抱着兔子笑盈盈地站在他们面前。她有些惊讶:"呀,这么多人,在咱家开会呀?""妈!"李欣扑过去,抱住秀娥,哭了。"这孩子,哭什么呀?你爸给你气受了?晚上告诉妈,妈训他。看,妈又给你要了一只小黑兔儿。来,让两只小兔认识认识。"她拉着儿子的手走了出去。屋里的人一时你看我,我看他。李晓安摁灭烟,说:"妈、吴阿姨,千万别再提她离家的事儿,她忘了。"李老太太和吴阿姨默默点头。

晚上,李晓安都快迷迷糊糊睡着了。突然,秀娥猛地坐起,李晓安警觉地随之坐起。秀娥也不说什么,披上件衣服,趿了鞋跑出去了。李晓安也赶紧摸黑下地,却一时找不到自己的鞋。秀娥又回屋了,她怀抱两只兔子,李晓安的鞋被她穿在脚上。秀娥的脸上还带着一丝惊恐:"刚才我做了个噩梦,梦见了一只大野猫,想吃咱们的兔子。"她放心地放下了两只兔子。李晓安一边指儿子的床,一边小声地朝她"嘘"了一声。秀娥蹦上床,撒娇地说:"外边冷死了,快暖和暖和我!"李晓安遂将她搂入怀中,并轻轻地吻了她一下。秀娥咪咪地笑起来。李晓安哄小孩儿似的:"别傻笑,好好睡觉!"李晓安的手有节奏地拍着秀娥,怀里的秀娥渐渐地睡着了。李晓安心里很烦乱,怎么也睡不着。他叹了口气,为什么世上的事都不能太完满呢?秀娥要是没有变成现在这个样子多好。然而,秀娥得了这个病又该去怪谁呢?好像谁都有错,又好像谁都没错。无论如何,李晓安已经认了,他谁都不怨。秀娥能这么暖暖地躺在他怀里,他已经很知足了。过去的伤痛早已化成了一阵风,他搂住的只有幸福。

在北大荒的麦草堆上,秀娥坐着吹口琴。李晓安闭着眼睛,幸福地将头枕在她双腿上。秀娥骄傲地说:"我吹得也不赖了吧?"李晓安鼓励她道:"还行,有进步。"秀娥低头看他,忍不住吻了吻他的额。不远处,从河边洗衣服回来的二姨,隐蔽着自己,呆呆地看着两个幽会的青年,心里咯噔了一下,这还了得。秀娥一跨进家门就被父亲狠狠扇了一耳光。"把那东西脱下来!"王全福嚷道。秀娥的手伸入衣襟下,扯出了红乳罩。王全福一把将乳罩夺去,撕扯一番,冲出屋外,扔进灶里。秀娥母亲戳着她的头数落:"你呀你呀,幸亏看见的是你二姨,要是别人,往后我和你爸还出得了门吗?!"

秀娥委屈地辩解道："妈，我们是真心相爱的。"王全福骂："爱个屁，就凭他，是个能靠挣工分养家糊口的人吗？再说他家还有海外关系！以后上大学、招工、返城，那也轮不到他的份儿！"

秀娥急了："我图的不是那个！"王全福更气了："那你图啥？图啥？！""图和他生活在一起幸福。"母亲劝她："傻女儿，你缺心眼呀？你不知道他是北京知青吗？十年河东，十年河西，有朝一日他可以回北京了，那还能带着你呀？""晓安说哪儿有爱情，幸福就在哪儿。"王全福的气不打一处来："他那是骗你呢！打从他到咱们村那一天起，我就觉得他是个嘎咕小子！满嘴油腔滑调的个人，你信他的话？！""可连支书都挺喜欢他！今天我也把话挑明了，非李晓安我不嫁！""还反了你了！"王全福将秀娥拖出屋，拖入仓房，锁上了门。 以后好长一段日子里，李晓安只能偶尔地、远远地看见秀娥。那一年的冬天来得特别早，第一场雪下过以后，李晓安和郭鹏、裴春来为了能挣点儿现钱，经公社批准，到矿上挖煤去了。

一天，李晓安、郭鹏、裴春来随着一批矿工从井下升上来，站在井口旁的王海发现了他们，大声喊道："晓安！"李晓安几个随王海走到一旁。 王海着急地说："晓安，秀娥嫁人了。"不唯李晓安，连郭鹏和裴春来也愣住了。 王海叹口气又说："秀娥她爸妈，瞒着全村人，把秀娥给嫁到八十多里以外去了。 男方那边来了不少人，像山大王抢亲似的。 秀娥她呼天喊地地喊你的名字，嗓子都喊哑了，连我住在村东头的人都在家里听到了，喊得那叫惨……我觉得，村里不能没有个人来告诉你……"

秀娥是在一个晚上被弄走的。 那天的夜特别黑，风呼呼地刮着。王海隐隐听到秀娥的哭声，赶紧披上衣服跑到王家的篱笆边，看见挣扎着的秀娥被几个大男人七手八脚地弄到了爬犁上。 王海忙闪到了麦囤后边。

突然,秀娥挣脱了那些人的控制,向屋门口跑去,但她在门外又被逮住。秀娥拼命挣扎着,声嘶力竭地哭喊。但她被捆绑了起来,这一回,捆得更结实了。一只手企图将一块布塞入她口中,她狠咬那只手。她像母狼一样扬颈呼号。秀娥被绳子横七竖八地捆结实了,她被男人们的手高高举起来,她绝望地呼号着。她又被弄上了爬犁,男人们的手使劲按住她。爬犁驶出了王家院子。

突然,秀娥凭一股猛力坐了起来,她的嘴里被塞上了布。她已经哭不出来了,她的眼睛幽幽地打量了一下院子。王海觉得秀娥肯定看到了躲在麦囤后的他,那种绝望的眼神常搅得他不得安宁。

李晓安跌坐在煤堆上。郭鹏问:"知不知道那具体的地方?"王海从怀中掏出折好的纸条递给赵凯:"冲秀娥那性子,估计要想把她弄进洞房去,不那么容易,但是再过一两天就难讲了,烈女架不住如狼的汉啊!"

一辆爬犁疾驶在雪原上,双马齐奔,八蹄践雪⋯⋯爬犁在转弯时翻了,王海及李晓安三人滚向四面。李晓安的腿被爬犁压住,郭鹏几个七手八脚抬起爬犁,将李晓安拖至一旁。李晓安呻吟不止。裴春来问:"还能动不?"李晓安摇头。他双拳擂地,痛苦而又无奈地仰起泪脸,绝望地问天:"秀娥,怎么会这样?怎么会这样啊?"那晚,李晓安的腿被爬犁压断了⋯⋯

转眼又到了秋天,李晓安的日子过得没滋没味。一天,李晓安三人刚刚劳动回来,都在默默地洗脸、洗脚、擦身。他们生活中的欢声笑语少了,话也少了。王海闯进来,气喘吁吁地说:"秀娥从北安精神病院回来了!"李晓安几个风一般跑向王家。李晓安连鞋也没顾上穿,光着双脚,而郭鹏和裴春来没穿上衣。王家院里聚集了一些村里人,人们都以同情的目光望着头发剪短了的秀娥。秀娥的母亲走到女儿跟前,没说出话,捂面而泣。支书叹着气说:"孩子,我当时也不在村里,要是在,绝不允许你爸……出院了就好……"

众人把谴责的目光投向王全福。王全福低头闪向一旁。

秀娥母亲扶着她胳膊说:"女儿,咱们进屋吧。"秀娥一抬头,发现了一字排开站在院外的李晓安几个。她眼神定定地望着李晓安。他们几个也都眼神定定地望着她。李晓安微微张了一下嘴,分明想跟她说句什么话,但喉部一动,将话强咽了回去。

秀娥走向李晓安,平静地说:"晓安,别爱我了。我都这样了,别拖累了你一辈子。"她说完,转过身去,在众人的注视之下,缓缓走入屋里去了。

郭鹏小声问李晓安:"她说的是糊涂话还是明白话?"李晓安泪盈满眶地说:"我不知道。"那几天,李晓安茶饭不思。他脑子全懵了,不知道该怎么对待秀娥才好。他决定和秀娥结婚,是由于后来发生的一件事。

一天,李晓安几名知青,正在山脚和民兵打靶训练,秀娥的二姨跑来,边跑边喊:"李晓安!李晓安!……"李晓安从卧倒的地方站起,迎向她。二姨惊慌地说:"晓安,快去救秀娥!"郭鹏、裴春来,还有王海也围了过来。郭鹏着急地问:"说清楚,怎么回事?"

二姨气喘甫定:"不知哪个王八蛋给秀娥她爸出的主意,说精神病就是痰堵心窍了,绑牢了狠打一顿,内邪把痰顶开,心窍一通就好了。偏偏秀娥她爸还信,花钱请了别村的几个浑男人帮忙,把秀娥骗到河边,捆在一棵树上……我起誓,这次的事和我一点关系都没有……"

李晓安提着枪拔腿就跑。裴春来喊道:"晓安,不许带枪!"但李晓安已经跑远了。

河边的白桦林是李晓安和秀娥以前幽会的地方。秀娥已被捆在一棵树上，悄无声息地垂着头。李晓安站在她前边，举枪瞄准着……

"李晓安，要不是因为你，我女儿也不会疯！我治我女儿的病，你来挡横，我跟你拼了！"王全福扔了鞭子，从身旁一个汉子手中夺下木棒。另外几名汉子慌忙阻拦他。

"他端着枪呢，好汉不吃眼前亏。""王大哥，千万别来蛮的，闹出人命那可更惨了。"忽然安静下来。支书、郭鹏、裴春来、王海和一些村里人赶来了。李晓安乖乖将枪交给了支书。支书又将枪交给了王海，之后大步走向王全福。王全福难过地解释："支书，谁的女儿谁不心疼？我是治我女儿的病呀！"

支书瞪着他，突然啐了他一脸唾沫："呸，你背着我做下的浑事！你还有脸说你心疼女儿！有你这么个心疼法的吗？你呀你呀，你配当父亲吗你？你简直……安上条尾巴就是个驴呀！"

王全福哭咧咧地说："那……那我家秀娥，她以后怎么办啊她？！"大树那边，秀娥已被李晓安等松绑了。他和她坐在雪地上，秀娥靠在他怀里。秀娥无力地说："晓安……保护我……"她昏倒在李晓安怀里。看着怀里柔弱的秀娥，他再也不愿意和她分开了。他铁定了心要娶她。

秀娥出走的风波平息了下来，然而，这引得李晓安母子之间的矛盾终于爆发了。这种胆战心惊的日子，老太太再也不愿意过下去了。在客厅里，李晓安和他母亲面对面坐着，气氛紧张。李晓安有些生气地问道："妈，我和秀娥结婚，难道真是一件完全做错了的事吗？"李老太太摇头，随之叹息道："她的遭遇，是很值得你同情，但你又何必因为同情，就非和她结婚？""妈，那不是她一个人的遭遇，也是我俩共同的遭遇。而且，也不是同情不同情的问题，我和她结婚是因为我爱她。""即使她疯了你也仍爱她?""即使她疯了我也没法不爱她。毕竟,我和她成为夫妻以来,她一天比一天恢复正常了,精神不正常越来越成为过去的事了。"李老太太不悦地说:"仅仅成为过去的事了吗?儿子啊,咱们不能睁着眼睛说瞎话呀是不是,她那样子,明明不正常嘛!"李晓安固执地说:"妈,我早已经习惯了。"李老太太也生气了:"可是我不习惯。妈只有你这么一个儿子,你不能一点儿也不替妈的感觉想一想。"

吴阿姨走进来,母子二人中断了谈话。

吴阿姨见气氛不太对,忙说:"晓安,我刚碰到徐主任,她说户口本儿发下来了,让你亲自去街委会取一下。"

在街道委员会办公室里,李晓安双手从徐主任手中接过户口本儿,一时感想多多,不知表达怎么样的一种心情为好。徐主任笑着问:"高兴吧?""高兴,当然高兴。阿姨,我想……我想……我想把邮递员的工作辞了……"李晓安吞吞吐吐地说。徐主任大为意外。李晓安忙解释道:"不是因为别的,我一白天在外边,太不放心我妻子了。她一白天看不见我,恐怕也很难习惯。"

傍晚,在李晓安家客厅里,杨岚在唱《红河谷》。她嗓音很好,也很投入,赵凯、郭鹏、裴春来三人在跟着哼。而李晓安在吹口琴伴奏,秀娥坐在他身旁,依偎着他,一脸没心没肺不知愁滋味地幸福地笑着。李老太太依旧坐在她那一把椅子上,面有忧色,默默地听着、看着。

杨岚唱罢一段,众人鼓掌。赵凯招呼大家道:"来来来,喝酒,喝酒!"数只啤酒杯相碰。赵凯几个一饮而尽,连杨岚也喝了一大口,只有李晓安,只用唇触了触杯,便放下了。郭鹏拍了拍他的肩:"晓安,该高兴你都不高兴,怎么了?"李晓安搂着秀娥,宣告般地说:

"我今天，把工作辞了。"众人默默看他，气氛一时有些肃静。裴春来不解地问："为什么？"李晓安回答："我想，我更适合有那么一种工作，和秀娥天天一起上班，一起下班。她在我眼前，我才放心。"赵凯看看秀娥，问："这样的工作，上哪找去？晓安，你太轻率了吧？"李晓安疲惫地说："是啊，我也有点儿后悔了。"秀娥却事不关己地说："杨岚，你唱歌真好听，再唱一首吧！"李欣懂事地走到秀娥跟前，拽她："妈，咱们去看兔子！"秀娥拉住杨岚的胳膊："杨岚，你也来看兔子！"杨岚笑笑："你们先去看，我一会儿去看。"秀娥被儿子拽到外边去了。

李老太太又生气了："儿子，你怎么可以？！你眼里还有没有妈了？什么事都不愿先跟妈商量了吗？""妈，别训我了，是我不对。我一时冲动，后悔也晚了。"在大家的注视之下，李晓安端起酒杯，一饮而尽。杨岚解围道："晓安，你希望的那一种工作，也不是根本没有。"众人的目光又集中在她身上。杨岚问道："整天待在地下室的工作，你和秀娥，都肯干吗？""只要是能让我俩一块儿干的工作，行。""离不开水的活儿，你俩都得穿水靴，扎皮围裙，戴皮革套袖。而且，一天得干十个小时左右，还得严格遵照卫生要求，稍有不卫生的做法，那后果就很严重，轻则被辞退，重则要承担法律责任，连用你们的人也会一块儿担责任。"李晓安问："养鱼？"杨岚说："做豆腐。"

又是一阵安静。杨岚接着说："我表哥是一所职业学校的副校长，他们学校有几百名在学校食堂吃饭的学生，为了让学生们吃着放心，以前豆腐都是自己做。前些日子，做豆腐的师傅回老家了，我表哥正为这事儿着急。你要是有意，我向我表哥推荐你。"

李老太太站起来，默默离开了。李晓安有些欣喜地说："做豆腐，

043

秀娥倒在行，那我就成她徒弟了……能给我们开多少钱？""每天四板豆腐，上午两板，下午两板。如果能超额做出一板来，半板奖励你们自己。每个月，一千多元吧？""干！"李晓安毫不犹豫。"那，一言为定。你们继续，我陪伯母说会儿话去。"杨岚也起身离开了。

　　李老太太坐在窗前，呆呆地看着在院子里喂兔子的儿媳和孙子，心里有说不出的烦恼。杨岚悄悄进来了，走到李老太太身后，抚慰地将双手轻放在她肩上。

　　李老太太握住她一只手，扭头看她，流泪了："杨岚，我晓安，他被拖累得连个邮递员都当不成了，只能做豆腐了。"杨岚安慰道："伯母，你也别太难受。晓安和秀娥，其实，他俩也有他俩的幸福。""他俩，那能幸的什么福呢？你有机会帮我劝劝晓安，还是把秀娥送精神病院吧！"

　　"伯母，我不能那么劝他。没有他，秀娥活不到今天。秀娥能是现在这样，也算是奇迹了。这么轻的病人，我们医院那也是不收治的，住院反而会加重病情的。"

　　李老太太的目光再次望向院子里的儿媳和孙子，又长叹一声。小院里静了下来。吴阿姨在客厅里收拾着。李老太太走到门口，问："晓安怎么不帮你收拾？"吴阿姨擦着桌子说："他冲澡呢！"小小的洗澡房里，传出了秀娥的声音："别咯吱我，讨厌！""我是咯吱你吗？我这不是在帮你打香皂吗？"李晓安的声音伴着哗哗的水声，显得很欢快。"就是咯吱我！"秀娥咯咯嘎嘎笑着。"严肃点儿，户口也落上了，咱们俩的工作也都有了，你高兴不高兴？"秀娥娇娇地说："高兴……""哎呀，你敢咬我！"水房里传出李晓安一巴掌打在秀娥身上的响声。李老太太听呆了。吴阿姨笑着说："儿子儿媳妇这么好，听着高兴吧？"李老太太向自己屋走去，走到门口，忽听秀娥一声喊：

"豆腐!"李老太太惊愕地扭头一望。对面小屋的门开了,李欣探头冲洗澡房喊:"妈,别大喊大叫的,我写作业呢!"小小的洗澡房里顿时安静。李老太太和孙子目光对视了。李欣粲然一笑。李老太太也不禁笑了笑。

李老太太走进自己屋里,想了想,从花瓶里取出卷成筒的报纸,展开,呆呆地看着夹在中间的剪纸鸡。

做豆腐可不是轻松的活。

地下室里,披戴皮革的李晓安夫妻在推着磨。秀娥一脸劳动神圣并且快乐的模样,而李晓安却只不过像一匹吃苦耐劳的马。秀娥忽然哧哧地笑起来。

李晓安司空见惯无话找话地问道:"笑什么?"

"高兴。你不高兴?"

李晓安应付地说:"高兴。"

"我想唱。"

"那就唱。"

"还想跳。"

"不许。干活呢!"

二人又推了几圈磨,秀娥一扬头,叫出一声:"豆腐!"

李晓安温柔地喝住她:"只许唱,不许叫!"

"少管我!"

李晓安停止了步子,瞪着她:"怎么,管不了你了?"

秀娥振振有词:"我是师傅,你是徒弟。以前我服你管,以后你得服我管!"李晓安叹道:"唉,我的命啊。"他只得又推起磨来。秀娥在摇吊兜,滤豆渣,李晓安在一旁看。秀娥说:"像我这么摇,才不累。你来吧。"李晓安徒弟般地顺从,接手摇起来。秀娥则往吊兜里填豆浆。

一板白花花的豆腐压出来了,夫妻二人看着劳动成果,相视一笑。一会儿工夫,又一板豆腐压出来了,二人将又一板豆腐抬起,摞在第一板豆腐上。

李晓安从脖子上取下毛巾,替秀娥擦汗,接着自己擦。二人又有些费力地推起磨来,磨盘缓缓地转动着。秀娥不再说话,只是偶尔望着李晓安傻笑一回。打完四板豆腐,夫妻二人疲惫地走出地下室,天已经黑了。

秀娥耍赖地蹲下:"走不动了。"

李晓安拉住她的手说:"那也得走啊,总不能让我背你吧?""行!"秀娥高兴地一跃,扑到了李晓安背上。李晓安背着秀娥走出校门。裴春来站在出租车旁,叫道:"晓安!"三人坐到了出租车上。裴春来批评起秀娥来:"你是小孩儿呀,你也得心疼点儿晓安嘛!"秀娥辩解道:"叫他背我几步,就是不心疼他啦!"裴春来看着李晓安又说:"唉,你的命啊!"李晓安只是苦笑。裴春来说:"我正好路过这儿,有学生说地下室还亮着灯,我就等你们,以后你们可没这好事儿了啊!郭鹏告诉我,他给你家送去了一辆旧的带斗自行车。"出租车停在李晓安家门前,裴春来回头看看后座。李晓安搂着秀娥,二人头靠头,睡着了。

日复一日疲惫而快乐的日子。白天晚上,带斗自行车来来去去:有时是李晓安蹬车,有时是秀娥蹬车。虽然有些累,但夫妻二人不亦乐乎。

现在,他们晚上的饭桌中央都会摆上一大盘拌豆腐。

李欣吃了一勺,说:"真好吃。"

秀娥自豪地说:"妈做的!"

李晓安干咳一声……

秀娥会意，补充道："你爸和我一块儿做的！"

"我孙子爱吃，多吃点儿！"李老太太将豆腐盘往李欣面前推了推。她看着李晓安又说："郭鹏下午来过了，说谢谢你送给他们的豆腐。还有啊儿子，春节快到了，抽空给秀娥家写封信，再报次平安。"

院里突然响起吴阿姨的大喊大叫，老少四口先后走到院子里。吴阿姨指着屋顶说："看那只大野猫，刚才它掏咱们兔子洞。"李老太太说："晓安，妈喜爱那两只小兔儿，你得想办法保护好它们。"

晚上，李晓安在用铁丝编套子，儿子蹲在一旁看。秀娥坐在炕沿，忧郁地看着丈夫和儿子。李欣有些怀疑地问："能套住那只大野猫吗？"李晓安埋头编着："那就看它的运气了。""要是套住了，咱们该拿它怎么办呢？"李晓安："剥它的皮，给你做椅垫。""你敢！野猫也是一条命。"秀娥不乐意了。

转眼到了年三十。夜空礼花绽放，鞭炮声此起彼伏。学校门口，挂起了两个大红灯笼，贴上了欢度春节的横幅。人行道上只有一个人影，是杨岚。她匆匆走进校门，经过食堂地下室，见半截窗里有灯光，站住了。李晓安一个人在推磨。他停住脚步，擦了擦汗，一抬头，面前站着杨岚。"我来我表哥家……没想到大年三十儿晚上你还……"杨岚很是意外。"这几天不是很冷嘛，食堂希望我们多做出几板冻上。""秀娥怎么没来？""我不许她来，让她陪儿子和我妈过三十儿。"

这是秀娥娘俩在北京过的第一个春节，她高兴得像个孩子。秀娥、李老太太、吴阿姨正在包着饺子，院里传来李欣的喊声："妈，快出来！"秀娥放下一个饺子，走了出去——但见儿子挑着灯笼照一面院墙。

墙上，套子套住了大野猫，吊在那儿，四爪抓墙。李老太太和吴阿姨也从屋里出来了。"我的天!"李老太太喊道。"妈别过来,我得救它一命。"秀娥朝墙走过去。 吴阿姨叮嘱着:"你可千万小心点儿。"秀娥抱住了野猫,一边抚摸,一边说:"别怕别怕,我来给你松套。 谁叫你总想来吃我们的小兔呢?今天我救了你,你以后再不许来了,啊?"野猫获救,倏忽逃走。秀娥却捂住了自己一只手。李老太太关心地说:"被猫挠了吧?快到妈屋里来。"李老太太给秀娥的手背擦上药水,轻轻地包扎起来,关切地问:"疼不?""疼。""想不到我儿媳妇,心眼儿这么善。"她抚摸了秀娥的脸颊一下。 婆媳二人相视一笑。

地下室里,杨岚在帮李晓安推磨,散漫地聊着天。李晓安问她:"离了也就离了,怎么不再找个心疼你的人?"杨岚自嘲地说:"哪儿找一个像你心疼秀娥一样的人?""还因为当年的事怨恨我呢?""那我就根本不见你了。 不过,有时候确实挺羡慕秀娥的。 我们精神正常的女人,又有多少能被丈夫始终不渝地爱着的。""你这等于是取笑我。""不是取笑,是心里话。""我爱的女人,患了精神病。 当年爱我的姑娘,后来成了精神病医生。 真不知道,命运是捉弄我呢,还是惩罚我呢?""是关照你。 多少人家,出了一个精神病人,那日子就没法过了。 你和秀娥,对精神病学,是一种启发。 也许,爱是特殊的药。""请教你个问题啊——我怎么样才能区分,秀娥她哪些话是糊涂话,哪些话又是明白话?""难住我了。 这是我们精神病医生也往往区别不开的。 但你既然已经习惯了和秀娥生活在一起,又干吗非想区别这一点呢?"李晓安点点头说:"倒也是。""记住,亲人千万不要总以研究的眼光看待病人,那会加强病人自己患有精神病的潜意识……哎呀不行,我头晕……"杨岚站住了,一手扶额头,身子摇晃。李晓安走到她跟前,扶住她。 二人互相望着,都脉脉含情起来。

"晓安,干啥呢干啥呢!"随着话音,秀娥出现了。李晓安忙解释道:"别咋咋呼呼的,她帮我推了一圈磨,头晕了。"

秀娥不信:"少来,骗人!你俩明明是想亲嘴!""秀娥,我们不是你想的那样……"李晓安不知道如何解释才好。"呀,杨岚呀!那,你俩亲吧,亲吧!"李晓安看着不好意思的杨岚,似乎在问——她说的是明白话还是糊涂话?秀娥笑起来:"看,允许你俩亲,又假正经。你亲杨岚我不生气,她是我朋友了。不亲白不亲,该亲不亲也不对!我转过身去。"她果然转过了身去。

"亲就亲!"杨岚大大咧咧地搂住了李晓安的脖子。李晓安犹豫了一下,与之深吻。外面,一阵更响的鞭炮声响了起来。礼花在半截窗外闪耀。"行啦啊行啦啊,得有够啊!"秀娥端起一大瓢豆浆。李晓安忍不住问杨岚:"她这是明白话还是糊涂话?"杨岚说:"肯定明白话啊。"二人哈哈大笑起来。秀娥递过来一碗豆浆:"笑什么啊你们!杨岚,我请你喝豆浆,热的!"杨岚止住笑,接过瓢,望着秀娥,一饮而尽。秀娥友善地望着她笑。李晓安这才发现秀娥另一只手缠着纱布。他抓住她手,吃惊地问:"你手怎么了?""猫挠的。那野猫被套住了,我又把它放了。没事。"秀娥满不在乎地说。突然传来赵凯的声音:"别加班了,别加班了,给劳模拜年来了!"随着话音,赵凯、裴春来、郭鹏走了进来,各自拎着些东西。郭鹏笑着说:"嗬,杨岚也在啊!我们哥几个,本想重温当年四个和一个的情形呢!"杨岚故意有些赌气地说:"那我走?"秀娥立刻拽住她:"那可不行!"李晓安问:"你们怎么来了?"郭鹏一指裴春来:"他开出租车,我们不坐白不坐。到你家去了,你儿子说你两口子都来这儿了。""豆腐房可不许咱们这么多人待。"李晓安说完,找出一大块油布。在豆腐房偌大的空荡荡的外间,地上铺着块油布,摆着些吃的、几瓶啤酒和纸杯。众人正举杯相碰,忽然灯黑了。

"最近地下室总停电。"李晓安起身,点燃了一截蜡烛。裴春来提议道:"晓安,来一段,什么都行,哥几个不能喝闷酒。"李晓安站起来,想了想,作拉小提琴状,口奏《梁祝》。李晓安绕着大家身后走,口奏之乐倒也那么优美。秀娥靠着杨岚,痴痴呆呆地看着李晓安,喃喃地说:"有工作真好,有你们真好。"

在李欣读高二那一年,李晓安和秀娥,终于用积攒的钱,实现了他们在北京的一个梦想:他们自己的小店开张了。鞭炮声响了起来,写着"东北菜团子"几个字的牌匾挂在小铺面的门上方,看上去很是醒目。

赵凯高挑着一挂鞭炮。秀娥化了淡妆,袄外罩一件花衣裳,围着红围巾,坐在门旁一张小桌那儿收钱、找钱。来买菜团子的人们排起了长队,看得出多数是知青。

一辆车身有"北京电视台"五个字的面包车停在了小店门口,车上跳下裴春来及采访记者、摄影师一干人。摄影师专心地拍摄着长蛇般井然有序的人队。李晓安和赵凯忙得不亦乐乎。李晓安埋怨道:"你看,你们搞这么大阵势,连电视台都搬来了,是不是过戏了?"

赵凯道:"不算过,头三脚那就是得踢出点儿动静!电视台也有咱们知青,不劳驾白不劳驾!"李欣和郭鹏共同拎出了保温粥桶。李欣已长成个半大小伙子了。

李欣向李晓安汇报道:"爸,菜团子肯定不够。"李晓安抓耳挠腮也想不出个办法。摄影机对准了秀娥,她有点儿惝惶地看着摄影机不知所措。李晓安不安地向这边张望,想过来和摄影师解释解释。赵凯拉住他:"别管!就是得让她适应许多情况。"女主持人对秀娥说:"笑一笑。"秀娥不自然地笑了笑。女主持人说:"再来一次,笑得自然点儿。"秀娥终于大方地一笑。摄影师满意地竖起大拇指:"OK!"他又对女主持人小声说:"笑得很正常。"女主持人白他一眼:"注意你的用词。"女主持人把话筒对准秀娥,要求道:"说句话,随便说句话就行。"秀娥想了想说:"我好像又在做梦。"摄影师和女主持人对视一眼。女主持人鼓励她道:"再说一句,大声点!""做这样的梦真好!"秀娥大声地说道。

晚上,李家客厅里,桌面上摆满了零零碎碎的钱。秀娥专心地整理着那些钱,镍币用纸卷起来,角钞用牛皮筋扎起,然后放入一个点心盒子,并在笔记本上记一笔。她显出从没有过的认真样子。

洗完澡的李晓安走进来,有些疲惫地往沙发上一坐,架起二郎腿,缓吸一支烟,默默地、研究地、也是若有所思地看着秀娥。李老太太也悄无声息地走了进来。

秀娥却既没抬头看过丈夫一眼,也没看婆婆一眼。李老太太小声说:"都快十点了,你让她也洗洗,早点儿睡吧。"李晓安说:"摆弄钱是她喜欢的事儿,让她弄完吧。"李老太太将一个套在塑料袋里的东西递给他,像来时一样悄无声息地走了。李晓安从套里抽出东西看,见是计算器。客厅里只有李晓安一人了,他坐在秀娥坐过的椅子上,用计算器合账。合完,皱了皱眉,觉得不对。一抬头,见洗完澡的秀娥站在面前。秀娥问:"不对?"李晓安忙说:"对,对。""明明不对,差四元六角五分钱呢!"李晓安愣愣地看她……"儿子最后帮着收了些钱,揣自己兜里,忘给我了。"秀娥背在身后的一只手朝前一伸,将手中的钱放在桌上。她拿起计算器,摆弄一会,好奇地问:"这是什么?李晓安解释道:"计算器,电子算盘。"秀娥将计算器放在桌角,转身用目光四处寻找。李晓安问:"找什么?""找个够硬的家把式,把它砸了。"

李晓安缓缓站起,严厉地说:"你敢!"

"当然敢!"

"你砸它,我就揍你!"

"我敢,你不敢。"

"我敢!"

"那我就犯病给你看!"

李晓安愣住。

秀娥笑了,语气也缓下来:"那,你以后再也不许核我核过的账。"

李晓安不答应:"这可由不得你。"

秀娥终于生气了:"你敢再核,我就跟你闹离婚!"

李晓安又愣住了。

秀娥"哼!"了一声转身走了。李晓安缓缓落座,自言自语:"跟我闹离婚?"

已经熄灯好一会儿了。李晓安大睁双眼睡不着,秀娥在他身旁却似乎睡得很香。李晓安推她:"醒醒,哎!你醒醒。"秀娥不高兴地说:"干什么呀你,讨厌。""在客厅里,你说要跟我闹离婚,那是你的糊涂话,还是明白话?"儿子躺在折叠床上小声说:"爸,我妈那肯定是说的糊涂话。"不料秀娥大声抗议道:"才不是!是明白话!"她一翻身,用一条手臂搂住李晓安,身子往下一缩,舒服地偎在他的怀里。

赶上店里不太忙的时候,李晓安常会带着娘俩出门转转。李欣喜欢参观北京的各大旅游景点,秀娥却最喜欢放风筝。李晓安家离天安门近,空闲时遇上好天气,一家三口便去天安门广场放风筝。风筝一飞上天,秀娥就开心得咪咪笑。放完风筝,一家三口在大栅栏逛逛,吃点东西,秀娥觉得特别满足。

天黑了。李晓安一家三口的身影出现在家住的那一条小巷中。

李晓安蹬着小三轮车，秀娥坐在车上，儿子则骑着自行车跟在旁边。"爸，妈，看！"随着李欣的手望过去，在院门上方，钉了一块小牌子，其上有几个字——"和睦家庭"。李晓安看了看秀娥。秀娥不好意思地说："看我干啥，又不是我一个人的功劳。"

　　三人进了小院。小院里果然处处干净，所有的窗子都明明亮亮。李老太太在欣赏着剪纸，李欣睡的折叠床，已移到她的房间里了。门开了，李老太太唠叨着说："你们可真能玩儿，这时候才回来！"李欣抢着说："妈妈玩得开心，我和爸爸都不愿扫她兴。""奶奶找出了一个相框，已经擦干净了。你帮奶奶把这剪纸镶起来，也不能老压在褥子底下。"李老太太对李欣说。李欣边往相框里镶剪纸，边说："奶奶，我爸和我妈，他俩，想补办一场婚礼……他们当年没办过……"李老太太愣了愣，板脸问："你爸的主意，还是你妈的主意？"李欣笑呵呵地说："其实，是我的主意。我从小就有这种想法。明年我就大学毕业了，我们北大可能推荐我作为公费留学生。我希望在出国前实现我的夙愿。""既然是我孙子从小就有的想法，那我不好说什么反对的话了。"李欣在挂相框，李老太太指挥着："往左歪了一点点，好了，正了。""奶奶，我想为爸爸妈妈操办一场西式婚礼，有管风琴音乐，还有神父主婚那一种。"李欣躺到了折叠床上，脑枕双手，很神往的样子。李老太太可不同意："中国人，为什么非得补办一场西式的婚礼？想一出是一出！""我从小常听我爸说，要是有来世，他一定还娶我妈，而且要在管风琴音乐中完婚。他爱听管风琴音乐。"李老太太道："你也不能只满足你爸的愿望，也得听听你妈的意见吧？""我今天问我妈了，她乐意。"李老太太走到折叠床边，坐下，看着李欣问："孙子，那得花多少钱啊！你爸你妈辛辛苦苦攒下了点儿钱，你当儿子的，可不能一下全折腾光了啊！""奶奶，放心吧。我怎么会那样呢？我到一所教堂去咨询过了,一位神父听了我爸妈的事,表示完全可以义务替我爸妈主持。""可你一名学生,怎么能操办得成那么一件事?"

"不是还有赵凯叔叔他们吗?杨岚阿姨也在电话里支持我。"

李老太太拗不过孙子,只好让步:"你呀,跟你爸一样,太有蔫主意!我也干涉不了那么多了,你们爱怎么着怎么着吧,奶奶要先睡了,抱奶奶一下……"

李欣坐起来,轻轻拥抱奶奶,说:"奶奶这种态度,那就对了!"

又是一个大雪纷飞的日子。北京某教堂的尖顶,在雪天的衬托之下,庄严肃穆。

李晓安没想到,那么多人前来参加他们的婚礼——有他的中小学同学,有当年的知识青年,还有许多许多他根本不认识的人。仿佛他们是一对大明星,吸引来的都是追星族。

身上落了雪花的人群肃立在教堂外边,似乎都在期待着重大的新闻发布。赵凯向人们敬烟、敬糖,并说:"对不起,里面实在挤不下人了……请吸一支喜烟,请吃一块喜糖……"

郭鹏跑出来,手捧一个小盒,乞讨似的说:"戒指。谁有戒指奉献一枚,他们忘准备戒指了,没有戒指就缺了一项神圣的程序。"一位女子从指上褪下戒指,放在小盒里。

郭鹏回到了李晓安和秀娥跟前,手捧小盒说:"弟妹你挑一枚自己喜欢的,到时候让晓安给你戴上,其余的你们留作纪念。"小盒里有各式各样的十几枚戒指。秀娥选了一只紫色的。郭鹏提醒道:"那只可是纸叠的!"秀娥笑着说:"我喜欢紫色。"教堂的钟声响了。杨岚作为伴娘,赵凯作为伴郎,陪伴李晓安夫妻走向一位神父。

教堂外,一个男人自言自语:"你愿意娶这位女子为妻吗?"一个女人自言自语:"不管她生病还是变丑,你都将永远爱她吗?"

教堂里，李晓安双手将紫色的纸戒指戴在了秀娥指上……

他们互相凝视着，彼此拥抱、亲吻。秀娥显然不满足那一种象征性的亲吻。她突然搂住李晓安的脖子，深吻他。

神父微微笑着。

教堂外，裴春来那一辆经过装饰的出租车，缓缓地无声地驶了过来，停在了教堂门口。

教堂的门开了。李晓安抱着秀娥，被人们簇拥着，幸福地笑着，踏下台阶。有一个人拍手，众人都随之有节奏地拍起手来。李晓安抱着秀娥走向出租车。

李晓安家也一派喜庆。他们住的那一间厢房里，吴阿姨在往窗上贴喜字，母亲在换新枕套。"真不知道，应该高兴，还是愁。"李老太太双手捂脸，无声地哭了。吴阿姨说："愁事儿家家都有。该高兴，那还是得高兴。"已经晚上了，在新房里，秀娥仍穿着婚纱，戴着那枚紫色的纸戒指。她盘腿坐在床上，摆弄纸盒里那些戒指，拿起来这个，放下那个，都很喜欢。"把婚纱裙脱了吧！"李晓安像哄孩子一般。"不，没穿够。""那，先把戒指褪下来。纸叠的，别弄坏了。""不，没戴够。"秀娥用牙轻轻一咬盒子里的一枚戒指，肯定地说，"这只是金的！""别摆玩了。明天要交给郭鹏，嘱咐他还给那些人。"秀娥不依："不，他说咱们可以留作纪念。""想不到你也贪图外财，今天可算看到你的另一面了。""我还有好多面你没看到呢，以后会让你慢慢看到。"李晓安叹息道："唉，我的命啊！""你的命怎么了？你的命怎么了？你娶了一个精神没毛病的女人，能有今天那么多不认识的人也来捧场吗？我这么有人气的媳妇你哪儿找去？除非是女明星，女明星你也配不上！"李晓安瞪着她，被说得一愣一愣的。

大家都没有料到，几天后，秀娥还是被送进了精神病院一次。

那天，披毛披肩的李老太太走出屋子，眼前所见的情形使她大吃一惊——几只小兔子，有的被撕裂，有的身子僵在洞里一半，洞外一半。李老太太有些惊恐地喊："吴阿姨！"吴阿姨拿着抹布从客厅奔出来，抹布掉在地上。"哎呀妈呀，是野猫干的！"李老太太突发心脏病，手捂胸口昏倒，幸被吴阿姨扶住。吴阿姨喊："秀娥！秀娥快出来！"穿毛衣的秀娥奔出厢房和吴阿姨将李老太太抬入客厅，放上沙发。吴阿姨焦急地拨电话，有的占线，有的无人接听。秀娥惊恐地冲出客厅、冲出了院子。她跑出了小街巷，冲上了繁忙的马路。

秀娥拦住了一辆卡车，对着司机着急地大声说什么。

司机火了，下了车，也对她挥舞手臂大喊大叫，并推搡她。又来了几名交通协管，秀娥一见他们都戴红袖标，一下子又失常态了……

精神病院探视室里，李老太太坐在中间，李晓安和儿子一左一右分坐两边。坐在他们对面的是目光呆滞的秀娥。

李老太太的双手轻轻握着她的一只手，说："秀娥，要听医生和护士的话，好好接受治疗，啊？咱有什么病那就得治什么病，是不是？你要是能听懂妈的话，你就点一下头——妈盼着你早点儿出院。"

秀娥目光定定地望着母亲……

李欣说："妈，我也盼着你早点出院。"

李晓安望着她的眼睛问道："听明白妈妈和咱们儿子的话了吗？"

秀娥终于点了一下头。李老太太流泪了。秀娥的手缓缓伸向婆婆，为她拭泪。

丈夫、儿子和婆婆，都微笑了。

夕阳之下，在中山公园里，李晓安和秀娥手牵手散步。人生苦短，即使仅从他们的背影和步态看，他们也早已不年轻了，开始步入晚年了。李晓安越来越想明白了一个问题：人唯一命，有人的一生，爱过几次；有人的一生，仅爱了一次。他属于后一种人，尽管只爱了一次，却是爱得很认真，也很幸福。

李晓安的母亲去世了，秀娥的父母也去世了。

他们的儿子很争气，在国外读博士。

他们的生意也还行，每月的收入够他俩的生活费了。他们的家已是单元楼房。

天还没亮，夫妇二人就起床从容不迫地收拾屋子。他们的头发都白了，明显老了。他们走出居民楼，上了一辆小货车。车开到"东北菜团子"铺前，那牌匾已斑驳落漆了。李晓安开了门锁，二人一进去就忙活起来。

天亮了，三三两两的人买菜团子，还是李晓安装袋，秀娥收钱。

杨岚为了爱情，调到外省去了。

赵凯他们，有的提前退休了，有的就要退休了。

李晓安的小铺子，是他们常来相聚的地方。

天渐渐黑了，下起雪来。铺子里，秀娥伏在桌上打盹，李晓安望着窗外沉思默想。

门开了，赵凯等三人鱼贯而入，各自拍打着身上的雪。

赵凯掏出一瓶酒放在桌上，对李晓安说："给弄几盘儿省事的，哥几个还没吃晚饭呢！"

李晓安道："自己弄去，我刚歇会儿。"

郭鹏自告奋勇："我去！"他脱下外衣，走到后面去了。

秀娥朝赵凯伸出一只手："交钱！"

赵凯嘻嘻笑起来："怎么开始来这套了？"

秀娥不苟言笑地说："房租涨价了，什么什么都涨价了，小本生意，情面搭不起。"

赵凯拍拍她的肩:"哎,我说弟妹,你这么六亲不认的话,究竟是明白话呀,还是糊涂话呀?"

众人皆笑。

李晓安在接听手机,他做了一个手势,众人安静下来。

李晓安将手机递给秀娥:"儿子打来的,要先跟你说话。"

秀娥顿时喜笑颜开,一转身,背向众人,哇啦哇啦地说:"哎呀儿子,可把妈想死了!你什么什么都好吗?北京今年冬天雪可大了!放心,你爸近来的表现比较正常,妈也再没和他闹离婚。都老夫老妻的了,已经将就了他那么多年,就将就他一辈子吧!妈能顾全大局,要讲和谐嘛。"

赵凯们看着李晓安笑。李晓安也耸肩苦笑。李晓安陪他们满斟慢饮。全都老了的他们,聚在一起,气氛也没了当年的活泼生动。

郭鹏提议道:"哥儿几个别喝闷酒啊!晓安,露一手,来段口奏!"

李晓安摇头,苦笑道:"不行了,来不动了。"

秀娥将口琴递给了他!那口琴也旧了,包它的红绸布也旧了,褪色了。

李晓安轻轻吹起了口琴。

外边,雪花大了。旧牌匾的上框,已经落下了厚厚的雪。铺子的窗口,透着温馨的光。口琴声听来令人心生暖意。窗口和铺面渐渐变成了雪夜中的一小片暖光,那暖光融在了万家灯火中。

走出大森林

太阳畏缩到大山后面去了,白昼的光明也被滚滚浓烟逼退到大山后面去了。灰烬像黑雪漫天飘舞。势不可当的天火刚刚从这里啸卷而过,劫后的大森林变成了一座可怕的"炼狱"。一棵棵仍在燃烧的树木不时掉落下带火的枝丫。它们在我眼中像熬受火刑的巨人,似乎都在痛苦地抽搐着、扭动着。空气中充满呛人的焦炭味,每一次呼吸都刺疼气管和肺膜。

我背着她走了很久,又绕回原地。我迷路了。树皮开裂之声不绝于耳。大森林在呻吟。暮色扯开无形的网,将"炼狱"笼罩在险恶的黑暗之中。

我累,我渴,我饿,我一点气力也没有了。我觉得我的胸膛内也燃烧着一团火。我觉得自己顷刻间也要呼地一下燃烧起来了。我觉得她像一座山压在我身上。我再也不想迈出一步。我背着她一动不动地站立着、喘息着。被烧黑的粗细不同的树干,如绰绰鬼影。在我的幻觉中,周围群魔乱舞,张牙舞爪。恐惧和强大于恐惧的孤独感从我心底升起。

我想哭，我想喊叫，我想僵直地倒下去。然而我并没有倒下去。我努力使双腿不抖，站得更稳。意志警告我：绝不能倒下，为了我自己，也为了她。我闭上了眼睛，使昏眩的头脑得到片刻休息。汗珠从额顶滴下，滴在我的上唇。我禁不住伸出舌尖舔了一下，想用自己的一滴汗润润自己的唇舌。舌尖舔到的却分明不是汗，而是黏糊糊的什么。腾出只手抹了一把，睁眼一看，是血。刚才有一截带火的树枝掉下来砸在我头顶。

我这时才感到了伤处的疼痛。

她，显然伏在我背上睡着了，睡得很死。她的头侧枕在我左肩上，她的双臂在酣睡状态中搂着我的脖子。

这场森林大火烧了两天两夜还没被扑灭。火头已翻过大山，向森林的更深密处卷去。浓烟继续从大山那面升腾到空中。火光将山那面的天穹映得一片通红。大山像一道屏障，黑暗得意而知足地统治了山的这面。

生产建设兵团、农村社队、边防驻军，上千人联合出动，齐心协力剿扑这场森林大火。山的那面，此刻仍进行着人与火的顽强搏斗。而我在这里，背的是她！无可奈何地静待黑夜将我和她吞没在"炼狱"之中！

如果我当时认出是她，我绝不会背起她！她的脸被烟灰和汗水涂得那么黑，只有一双大眼睛是洁净的。她的长辫子被火烧焦了，散乱在背后。她的衣服被烧得褴褛不堪。她在我身旁挥舞着一柄大斧，砍断燃烧的树枝。她是突然晕倒的。

"你！照顾她！"

有人对我大吼一声。那是个什么人？我不知道。反正他当时命令了我，我当时服从了。在那种时刻，似乎谁都可以命令另一个人。谁都会像我一样立刻服从。我甚至都没有对命令我的人看一眼，便将手中的扑火工具扔掉，弯腰抱起了她。我将她抱到了安全地带。扑火者们和火头卷在一起转眼喧嚣而过。她的头仰垂着，我注视了她一眼，认出了她，差点一下子放开了抱住她的双手……

我和她曾在一个连队。

一年前，我们团从新疆生产建设兵团引进了一千只细毛羊，分配给我们连队二百只。我们连是全团小麦高产稳产标兵连。连长对细毛羊不感兴趣。他只对优良麦种和联合收割机感兴趣。而我，却并不像许多男知青那么迫切地想当上拖拉机手或联合收割机手。我不。我希望一个人承担某项工作，又脏又累也无所谓。只图没人管束我，自由自在。只图能真正享受到一种孤寂，享受到一种使空虚的心灵获得宁静和平衡的孤寂。那一时期，我不知为什么，突然感到了一种心灵的空虚，连我一向很热衷的宣传队的活动也无兴趣参加了。而这空虚又是不能告人的。我将这"空虚"封闭在心灵里，祈祷它自生自灭。但被封闭在心灵里的"空虚"如瓶子里的水，是不会蒸发掉的。我不知拿自己如何是好。我企图靠孤寂掩饰我的"空虚"。放羊这活正投我意。于是我一要求，连长二话没说，便爽快答应。我就做了一杆羊鞭，成了羊倌。天上飘着白云，地上游着羊群，在幽静的小河边，在勾留人的山坡下，羊贪恋的是青草，我体验着那种使人心灵迷醉的美妙的孤寂。在远离连队的地方，躺在随便一棵什么树的树荫下，眺望着天边绚丽的彩霞汇紫聚红，聆听着林中快活的鸟儿千啼百啭，辨闻着微风从大草甸子上吹送过来的各种野花的郁香，深吸着河面飘漫过来的潮湿清凉的空气，你会觉得你同周围优美的景色融为一体了。你会顿感胸怀开阔而安宁，再也不复空虚。那的确是一种美妙的孤寂！但愿自己永远置身在这般境界！你很可能会思念父母亲。连那思念也转化为缠绵而安宁的情愫。哦，那一种忘我的孤寂……

一天，我背依老柳，坐在小河边唱歌：

今天是你的生日，我亲爱的妈妈。
我没有礼物，送你一朵鲜花。
这鲜花开放在，高高的山上……

我的嗓子不错，这是我唯一值得骄傲的。在学校，在连里，我都是宣传队的独唱队员。

这支歌是我来到北大荒后常常想要唱的歌。我唱的时候，羊儿似乎也能理解我的情怀，受到感动地停止了吃草，纷纷抬起头忧郁地望着我。我不禁想，它们也一定思念天山下的新疆大草原了吧？也一定思念它们昔日的主人了吧？我唱完后，仰首凝望着天空的浮云。白色的浮云在绿草地上投下一片片淡影。云的影子互相诱惑着，追随着，像神秘的精灵的化身，从容而慵倦地移动着。

忽然，我听到有人在我身后低泣。我的身子离开了树干，惊诧地朝后转过去，发现是我们连队的北京女知青韩桢桢站在我身后。她挎着个小篮，呆呆地伫立着。小篮倾斜，篮中采的黄花，差不多撒落在地上一半。她泪眼盈盈，神容哀婉。

我站起身，问她："你到这儿干什么来了？"那语调很像是一位牧主审问出现在自己牧场的陌生人。我心里是真不愿意有第二者涉足我的"领地"。

她用手背轻轻拭去脸颊上的泪痕，双眸咄咄地盯着我，几乎是恶狠狠地回答："你管我呢！这里又没划分给你！"说完转身就走，像个撒花仙子，在绿草地上撒下一路黄花。

我喊一句："你的黄花撒了！"

她仿佛没听见，头也不回。

我一直望着她走远，心里有点恼怒她搅扰了我的安宁心境……

第二天，我赶着羊群刚出连队，身后有人叫我。回头一看，又是她，抱着一只小羊羔。她走近我，说："它被你关在圈里没放出来，急得咩咩叫！"

我毫无表情地瞧着她，冷冷地说："那现在就请你放下它吧！"她弯下腰，轻轻将羊羔放下，看它挤进羊群，脸上呈现出那么一种女孩般的天真烂漫的笑容。

她直起腰，脸上仍保持着那种笑容，十分认真地说："你就不谢谢我？"

我依旧用冷冷的语调反问："你就那么爱听到别人对你说'谢谢'二字？"说完，撇下她，吆喝着羊群便走。

她追上了我，面对面地拦住我的去路，咬着下唇，两眼瞪视我。

"你这是干什么？"我有些生气了。

"昨天，是我不好，我向你道歉还不成吗？"她的样子怪凶，语调却多少有点低声下气。

"我才不爱听你的道歉话呢！让路！"我用羊鞭杆将她往旁一拨，昂头从她身边走过。走了没多远，我不自主地回头看了一次，见她仍站在原地，呆望着我。像一个在体操课上被罚站的学生，呆望着操练的队列。我心中因自己的行为倏然感到了愧疚。我为什么要这样对待一个姑娘呢？何况她是我们连队年龄最小同时又最受歧视的姑娘！何况我不是一向认为对她的那种歧视是不公道的、是过分的吗？我怎么竟也像别人一样如此无礼地对待她？这与欺负一个在人格上缺乏自

063

卫能力的姑娘有什么两样？我不是很清楚地知道，她那种在人前装出来的高傲和凶狠模样不过是一个受歧视的姑娘的本能的自卫吗？

我又回头看了她一次，她还是一动不动地站在那儿……

第三天清晨，我从羊圈里放出羊群时，她又很突然地出现在我面前。

"我要问你一句话。"她低声说。

我关好圈门，拿起羊鞭，无言地瞧着她，等待她发问。

她那双大眼睛盯住我的脸，问："你一个人放羊，很快活是吗？"

我点点头。

"你喜欢孤独？"

我又点点头。

"孤独就那么好？"

她这句话使我心中怦然一动。我是一个自寻孤独的人。而她是一个真正孤独的人。她在全连知青中没有一个好伙伴。我一时不知如何回答才好，半晌，苦笑了一下，说："孤独会使我感到心里非常安宁。"

"真的？"

"真的。"

她那长长的睫毛慢慢垂下，遮住了眸子闪亮的一双眼睛。她轻轻衔着下唇，在思忖什么，在暗下某种决心。

我不愿让人看到我和她这样面对面地长久站在一起。我转身想走。

"等等！"她倏地抬起头来。

我耸了一下肩膀："你到底还有些什么话呢？"

"如果，如果……如果我愿意和你一块儿放羊，你讨厌我不？"她脸上闪耀出某种希冀的光彩。

她竟问出这样的话！我一时怔住了。

也许她以为我不屑于回答她，脸上那种希冀的光彩顿时失去了。

她又咬住了下唇，尴尬而不知所措地瞪着我。她突然猛转身想跑掉，我抓住了她的一只手。

"我一点也不讨厌你！我为什么要讨厌你呢？"我盯着她那双因窘迫而噙满泪水的眼睛，反问她，也在问自己。

我大声对她说："我非常愿你和我一块儿放羊，真的！"

"那，你不相信别人议论我的那些话？"

我相信，但我对她摇了摇头，她抽出了被我攥住的那只手。很大一滴泪珠从她眼中滚落。

"我忍受不了啦！大家都讨厌我，都歧视我……我要和一个不讨厌我的人在一起干活，干什么活都行！只要这个人不太讨厌我……"

她双手捂住脸，哭了。

那一刻我的心整个被一种圣洁的怜悯之情所占据。我真想用世界上最温柔的语言安慰她，可是我在此之前还从来没有想到过为了安慰某个哀伤的姑娘应该预先学会一两句温柔的话。我变成了哑巴。我只是用鞭梢挑下一条爬到她衣襟上的小毛虫，用鞋跟狠狠地碾进泥土里……

当天晚上，连长找我谈话。连长首先对我这个羊倌表示很满意，接着说："二百只羊，估计今年起码会生出几十只小羊羔来！真不知团里怎么想的，咱们是农业连又不是畜牧连，分配给我们这么多羊不是瞎添乱吗！不过，既然强加给我们了，我们总不能越养越少是不是，你一个人肯定管理不过来，再派给你一个人吧？……"

"谁？……"我唯恐连长吐口派给我的不是韩桢桢，而是别人。

"韩桢桢。"连长犹豫了一下，才说出她的名字。

我暗松一口气，心中一块石头落地。可我故意装出一听到她的名字就十分反感的样子，皱起眉头，用很不快的语调说："连里那么多人，为什么偏偏把她派给我？"

连长挠挠头皮，说："是她自己再三要求的。我看，暂时就是她吧，啊？今后你要多用无产阶级思想影响她，多帮助她加强思想改造，啊？……"

从此，我不再是一个孤独的牧羊人了。

男知青们开始在大宿舍里取笑我。

"嚯！羊司令一天比一天神气起来了！终日有个美丽的牧羊女陪伴着，够快活的吧？"

这类话，算是比较文雅的。揶揄中不无别种成分。从这类话中我品味到，他们平素对她的种种议论，其实是虚伪的。如果他们有我这样的机会能够天天和她在一起，大概是他们谁都不肯失去的。我因为从来没有参加过他们平素对她的种种亵渎的议论而感到心中坦荡。我不愿加入那些舆论背地里对她"围剿"。缺少我这条舌头，她的名誉和人格所遭受的非议也够她承受了！何况她是我们连队年龄最小的一个姑娘！

有一次她回北京探家，我请求她在哈尔滨转车时，将我为母亲买到的几钱鹿心血捎回家。当时我和她还不熟悉，连一句话都没说过。我向她提出请求时，见她为别人捎带的东西很多，一路无伴，不免感到难为情。她却毫不犹豫，一口答应，问明我家的地址，向我保证办到。她找到我家，我母亲却因心脏病复发住进了医院，家中悬锁。全家人都陪在医院里。她又向邻居问明医院，赶到了医院里。她在去医院的公共汽车上丢失了装有两百多元钱的钱包。这件事她既没有向我家里的人讲，回到连队后也只字没向我提过。那两百多元钱是连队的其他知识青年托她买东西的。每个人要买的东西,她却都给买到了。她丢钱包的事,是之后又有北京知识青年回家,从她家里人的口中得知,回连后转告给我的。我因此对她既感激又负疚,在大宿舍东借西借,当天就凑足了二百元钱,亲自找到她要她收下。她却恼了,说:"我丢钱,是我自己不谨慎,怎么能收下你的钱呢!"我手拿二百元钱,不知如何是好。她见我一片诚意,终于转嗔一笑,说:"你哪来这么多钱?准是借的吧?借了这么多钱,你什么时候才能还清呀?你听我的话,快把钱还给人家去,啊?"

她说得那么知己,那么亲近!我感动极了。

她的目光落在我手上,皱起了眉头:"你这么小年纪也学会了吸烟!瞧你的手指头都熏黄了!真是恶习没人教就会!"她责备地瞧着我,轻轻叹了口气,又说:"你呀!你家里生活那么困难,你母亲又长年生病,你多寄回家几元钱,对家里都是一点贴补啊!"

我当着她的面,从兜里掏出吸剩的半包烟扔在地上,踏碎了。从此我不再吸烟。

我和她都是宣传队的独唱队员。每次演出,节目单上都少不了我俩的独唱或二重唱。

日久天长,她这个全连年龄最小的北京姑娘,在我的尚未摆脱少年的单纯和羞涩的心灵中占据了重要的地位。哪一天没见到过她,我心中便会产生一种微妙的惆怅。

后来,我们连宣传队参加全团调演,她被团宣传股长指名留在了团宣传队……

可是几个月后她被团宣传队开除,又回到了我们连队。据说她被开除,是因为她作风轻浮、思想意识不良……

从此,她成了我们连队最受歧视的最孤独的一个人。

我虽然常常注意她的身影,可心中却对她一度产生过强烈的鄙视和怨恨。我耳边听到种种对她的低俗的议论时,同时也觉得我自己的心灵、我自己的情感受到严重伤害和令人羞辱的亵渎。

我为她、也为我自己,在夜深人静时,用被子蒙住头暗暗地流过泪,伤心地哭过。

……

但从她开始一块儿和我放羊那天起,我的心灵似乎不再感到那么空虚了。我终于明白了我自己,我是因一度强迫自己从心灵中摈除她而感到空虚的。要从心灵中驱逐一个你暗暗地深爱过的人并不是一件容易的事。甚至可以说从她跟我一块儿放羊的第一天起,她就又回到了我心灵中原来的位置!暗暗的宽恕使我对她暗暗的爱情又一如既往。

有一个当上了拖拉机手的上海小伙子试探地问我是不是对放羊感到厌烦了。如果我厌烦了,他肯主动向连里提出愿意和我调换工作。

"不,我刚刚开始对羊群真正发生感情。"我的回答令他大失所望。

"原来如此……"他酸溜溜地一笑。

她剥夺了我自以为快乐的孤寂。她带给了我真正的快乐。快乐,本是她的天性。当我们将羊群赶到远离连队的地方,她那被压抑的快乐的天性就会尽情释放。她的脸庞就会焕发出奇异的光彩。她的眸子就会更加明亮。她唱啊,跳啊,采花啊,往小河里扔石子打水漂啊,如一个贪玩的小女孩。有时她甚至会快乐得忘乎所以,头戴用五颜六色的野花编成的美丽花环,披散着长发,装扮成神女的模样,骑在驯服而强壮的头羊背上,像九天神女骑着凤凰一样煞有介事。我见她这般快乐,自己也从心里感到非常快乐。我便会想,如果谁都不必在人前伪装自己的性格,如果谁都能像她这样在缺少快乐的时候为自己创造快乐,那么艰苦的、枯燥的、单调的,乃至严峻的生活,也会变得美好一些的……

大概她认为,她失而复得的快乐是我所给予的,因此对我感激到了怀着虔诚的敬意的程度。她快乐而尽职,生怕做错了任何一件事令我生气。倘若她正在快乐之际,发现我独自沉思默想,便会悄悄走过来,在我身旁轻轻坐下,对我察言观色,怯怯发问:"你又怎么了?"每逢这时,我都将费一番口舌向她表明,我并没有什么心事,和她一样快乐而心绪安宁。直至她确信无疑,方才重展笑容。

我们经常放羊的地方,是贡比拉河边。这是一条清澈的小河,最浅的地方,踩着露在水面的大而圆的卵石可以毫不湿鞋地走过河。最深的地方,水可齐肩。正午,阳光将河水晒温了,在河里游泳才美气呢!

我单独放羊时,每天正午都要在河里游一次。她跟我一块儿放羊后,我就再没下过河。我没有勇气以在游泳场里那副样子被她瞧着。河两岸都是草甸子,绿草茵茵。羊儿在这里吃草几乎连头都不愿抬一次。这儿幽静极了。我们互相叮嘱,绝不将这处地方告诉别人。我们发现了这美好的地方,我和她要长久做这里的主人。

一天,我们又到这里来放羊。我正靠在一棵树下为她削一根鞭杆,听到她呼唤我。循声走到河边,见她在河中游泳。她的衣服和鞋袜,东一件西一件,漫不经心地扔在河边。河水清湛得透明。她像一条体态秀美的鱼儿。她忽然潜下水去,浮上水面时,已变换为仰泳的姿势。

"你愣着干什么呀!快下来游哇!"她在水中怂恿我。

这时,天阴了下来。大块的乌云,在我们头顶急速地汇聚。远处,传来一阵沉闷的雷声。

我对她摇摇头,说:"你快上岸吧,要下雨了!"

"下雨怕什么呢?你没冒雨游过泳吗?"她在水中灵活地一侧身,轻松自如地交替挥扬着手臂,溅起片片水花,游远了。

我坐在岸边一块大青石上,欣赏着她那动人的泳姿。

又一阵雷声过后,暴雨突然下起来。

我站起身就往河边的白桦林中跑。

"哎!把我的衣服抱着呀!"她在河中喊。

我又赶快转身跑回河边,一件件拣起她的衣服、鞋袜……

枝叶稀疏的白桦林遮挡不住暴雨。暴雨瓢泼似的淋在我身上。我解开衣扣,将她的衣物用我的衣襟罩住,裹严,紧紧搂抱在胸前,唯恐被雨淋湿一点点。我背贴一棵白桦树站着,心中倏然产生一种朦胧的动乱。我竟可耻地觉得被我搂抱在胸怀中的并不是她的衣物,而是——她本人。一种奇妙的温暖从她的衣物传导到我的心灵。我的心灵因产生了从未体验过的萌动而战栗不已。这战栗是发自我心灵深处的,是潜在而剧烈的。我对自己心灵的这种可怕的战栗恐惧极了。我几乎想从衣襟下取出她的衣物立刻扔掉。但这只是一闪之念。我反而将她的衣物搂抱得更紧,并蹲下身去,用我的胸口挡住可能会淋湿它们的暴雨。为了抗拒某种欲念,我在心中一遍又一遍反复背诵泰戈尔的诗句:"雨点吻着大地,微语道:'我们是你的思家的孩子,母亲,现在从天上回到你这里来了。'……"

暴雨过去了,我被淋得像一只落汤鸡。我开始感到有些冷,却仍未放松怀抱的衣物。

她不知何时走入了林中。我刚站起来,她已走至我面前。无袖无领的红色胸衫裹在她身上,像套在一尊洁白的石膏像上。一个身材无比美丽的姑娘的全部动人之处呈现在我面前。水湿的长发披罩着她的双肩,晶莹的水珠从她皮肤光润的裸臂上滚落着。雨后明媚的阳光透过林间叶隙斜射在她身上,将她遍身涂上了一层金橘色。白桦林中充满了迷醉人的清新的带股淡淡的甜味的气息。

"我的衣物呢?"她向我伸出一只手。

我默默地从衣襟下取出她的衣物,递给了她。我的心怦怦地跳动。我不敢再大胆地注视她,不自然地侧过脸。

"呀,一点都没湿啊!"她用不无感激的语调说了一句。

我突然拥抱住了她!

在最初的一瞬间,她没有反抗。她像被猎人突然逮住的小兽,一动也不动。只有她那双大眼睛里,流露出极端的惶恐。而那一瞬间闪逝得那么快!

"啊!你……放开我……"她低声地急促地说着,开始挣脱。

我竟变得那么粗野!那么凶暴!那么强悍!

她似乎意识到了自己的反抗是多么软弱、多么徒劳的。

她终于屈服了。

那是弱者绝望的、悲哀的、羞辱的屈服。

"你……"她的全部的抗议和乞求都凝集在这个字中。

她不再挣扎,身子在我的臂膀中战栗。

当我的火热的双唇正要吻在她额角上时,两颗泪珠从她那长长的睫毛下挤了出来,滚落在她面颊上。她那张秀婉的脸苍白如纸!

她听凭我摆布地闭上了眼睛。

她那两颗泪珠所表述的无声的强烈的诅咒和憎恨,像母亲召唤孩子一样,将我的理性召唤回来了。

我小心地、轻轻地放开了她。

她的衣物践踏在我脚下。

白桦林中异常寂静。

仿佛每一棵白桦树都变成了睁大眼睛的愤怒的目击者。

我怀着一种犯罪感,一转身跑出了白桦林……

我在河边呆呆地坐了很久。如果我面临的不是一条浅可见底的小河,而是一条大河,我一定会毫不犹豫地跳进河中自毙!我想走回白桦林中向她忏悔,跪在她面前请求她饶恕。可听到她的哭声从白桦林中断断续续地传出,那么悲伤,使我连向白桦林再回首一望的勇气都彻底丧失了。

直到黄昏后我们应该赶着羊群返回连队时,她才走出白桦林,身上穿着被泥水弄脏的衣服。路上,她没瞧过我一眼,我也不敢正视她一眼。吃饱了的羊儿们,咩咩地叫着,对我们之间发生过什么事漠不关心。

羊入圈后,她将我替她做的那杆羊鞭插在圈门上,转身就走。

我心中曾有过的一切圣洁的情感和崇高的冲动,以及我对以往生活的诗意的全部体验,在那一天,仿佛被我自己所拿的一块脏抹布一干二净地抹掉了。

第二天,我将羊群赶出连队,在路旁等待她。等了许久未见她的身影。路过我身旁的女知青排的姑娘们告诉我,她病了。

第三天,她仍病着。

第四天,连长找到我,挠着头皮对我说:"她说她不愿再和你一块儿放羊了!这个韩桢桢!简直成问题!想干什么,死磨活磨,非干不可!三天新鲜,说不干,甩手就不干了!今后,哪个班还愿意要她!谁还愿意和她在一起干活!"

又过了两天,听说她主动要求调到山里一个偏远而艰苦的新建连队去了。她调走之前那几天中,我一次也没有机会见她的面。她调走之后,我也再没有听谁谈起过她。

我又成了一个孤独的牧羊人。

我再也不到贡比拉河边去放羊……

而此时此刻,她伏在我背上。

她搂抱着我脖子的双手忽然松开了,她从疲乏的昏睡状态中醒来了。

"你是谁?你为什么背着我?放下我!"

她一落地,没等我转过身来,又问:"咦!火扑灭了吗?扑火的人们都走光了吗?"

多么熟悉的一声"咦"啊!

我向她缓缓转过身去,仿佛一个逃脱过审判的罪犯向法官转过身去。

"你?!……"她出乎意料地后退了一步。这在她,表现出一种心理上的戒备,一种下意识的防范。而对我,意味着是多么严厉的一种"判决"啊!

我用乞求宽恕的目光望着她,说:"火烧到山那面去了,你在扑火的时候昏倒了……"

"我的鞋呢?……"她咄咄地盯着我,冷冰冰地问。没消除戒备心理,没松懈一丝防范。

我这才发现,她赤着双脚。她的鞋不知我背着她在大森林中瞎闯时丢到哪儿去了。

"把鞋还给我!"

我弯下腰,从自己脚上脱下我那双跑丢了鞋带的翻毛皮鞋,扔在她脚旁。

她对我的举动和我那双鞋不予理睬。她朝山那面望了一眼,山那面的火光已经暗淡,大火烧向更远处了。她又低头瞧着自己的赤脚,思忖了一刻,毅然转身朝山那面走去。

我跑到她前边,拦住了她的去路。

她的一只手,缓慢地伸到烧破了的衣襟下,镇定地眯起眼睛,瞪视着我。

"你追不上扑火的人……"我说着,向她走近一步。

"别靠近我!"她低喝一声,那只探在衣襟下的手迅速抽了出来,手中攥着一柄匕首,自卫地反握胸前,利锋对我。

我怔住了。

我早就听说,山里连队的男女知青,每人都有护身的匕首,用锄板、镰刀头或山林队遗留下的废炮弹皮锻造的。

想不到她会以匕首与我相对!

我向她伸出手,尽量用平静的语调说:"把它给我。它带在我身上,会比带在你身上更有用。"

她却分明将匕首握得更紧了。

我又说:"不管你如何对待我,我们两个都只有在这里过夜了……"

听了我的话,她似乎开始意识到,在此过夜是唯一理智的,表情终于略有缓和。她握着匕首,一步步向后退,退到一棵大树下,身子紧靠树干站定,抬头朝树上看了一眼,见树火已完全死灭,才慢慢坐在树下。目光,仍盯着我。匕首,仍反腕握在胸前。

我转身走到一棵和她相对的大树前,也瘫软地坐了下去。

浓烟仍不肯放弃对空间的肆无忌惮的占领,与幸灾乐祸的黑暗结成联盟,继续凌辱着大劫后的森林。夜晚潮湿的雾气封锁在森林上空,浓烟被雾气压低,游窜在林间。呼吸变成一种痛苦。

我和她相距十余步远。从她的身影可以判断,她依然警觉地盯着我。我暗自忧伤地望着她,心想,如果她能像白天一样看到我的眼睛,我眼中的忧伤,也许会打动她的心吧!然而黑暗已使我们都看不清对方的面容……

当我醒来,曙光已开始恤慰森林。我一睁开眼睛,首先向对面望去——她不见了。我立刻站起,旋转着身子,目光四处寻觅,终于发现她了。她在向山那面缓行。如果她不是赤着双脚,也许已走得很远了。

我想喊她,张开的口又违心地闭上了。她不需要我!被伤害过的心灵,竟这般冰冷!这般吝啬宽恕!我哀怨地望了她一会儿,穿上我那双她不屑于接受的鞋,转身朝相反的方向走。

各走各的路吧!

走出几步,我又站住了,我不由自主地转过身再次望着她的背影。森林上空已经澄清,只有山那面极遥远的地方仍弥漫着薄烟。大火分明已经扑灭,她不会在那里遇到一个扑火的人,走向那里,等于走向大森林的腹地!她会在林中迷失方向,何况她赤着双脚!

我不再犹豫,向她追去。我气喘吁吁地赶上她,对她说:"不能朝那里走!"

"为什么?"她目光中不再含有敌意地看了我一眼,对我说出了第一句平和的话。我知道,她对我的防范,遗留在我们共度的和平的昨夜了。我心头的重负顿时雪化冰消。

我说:"我们必须返身朝回走,否则,我们会迷失在大森林中的。"

她固执地摇摇头:"不,我绝不朝回走!朝回走,起码要走一百多里,才可能走出森林。我已经没有足够的气力了。向前走,在大火扑灭的地方,我们准会碰到护林队的人。"

我竟那么轻易地就被她说服了。

我又从脚上脱下鞋递给她。

她不接，说："反正我们俩总得有一个光着脚走，是你，是我，都一样。"

我说："我们轮换着穿。要不，我就将这双鞋扔掉！"

一道异样的眼波在她双眸中一闪。那是我很熟悉的眼波啊……

我们轮换地穿着一双鞋向前走。走走停停。我们的双脚都被满地的断树残枝所伤。

"歇一会儿吧！"她突然就地坐下了。

我坐在她对面的一棵倒树上。我发现她的双脚磨起了许多血泡——我的鞋她穿着太大。

她抬头看了我一眼，低声问："你饿吗？"

饥饿会使人希望世界上的一切都是可吞食的。我早就饿到了这般程度！昨天中午，林业局的直升机投下了几袋面包。我吃到了半个，不知她吃到没有？

她没得到我的回答，似乎意识到自己向我问了不该问的话，脸上浮现出窘色，用舌尖舔着干燥的嘴唇。

我首先站了起来。

她也软弱无力地站了起来。

我们又拖着饿得虚浮的脚步向前走。我欲搀扶她，她刚强地拒绝了。她没戴手表，我的手表在扑火时丢了。太阳沉没在西方的林海时，我们终于走到了森林大火熄灭的地方。大火将这儿的森林毁烧得更加惨不忍睹。

我们没有在这里遇到护林队的人。

"喂！……有人吗？……"她双手拢在嘴边，接连大声喊。

我也接连大声喊。

我们只听到了自己飘荡在山林间的回音。

我们茫然地默默地对视了一阵。

突然,她像被子弹击中一样,双膝向前一弯,跪倒在地上。她的双手,也同时撑在地上。头,低低地垂下了,几乎垂到了地面。

"你怎么了?"我大吃一惊。

她非常缓慢地抬起了头。我从她脸上阅读到了比饥渴更加可怕的,人内心绝望时的表情自白。

我上前扶起她,尽量用充满信心的语调说:"别泄气。我们往回走吧,我们一定能走出大森林!"

她说:"你受我连累,才会落到这种处境。"

我有些生气地大声回答:"我心甘情愿!你为什么要对我说这种话?"她对我苦笑地摇摇头。那种我所熟悉的奇异的眼波,又在她双眼中飞快地闪现了一次。

我们互相依扶着向来路走。

忽然,她摆脱开我,独自向前走了两步,从地上捡起什么——那是半块面包,上面爬满了蚂蚁。她用衣襟将那半块面包抚了几下,立刻塞进口中,狼吞虎咽下去。

我背过身去,咽着口水。我估计她已吞光了那半块面包时,才转过身。

她干燥的嘴唇上粘着面包屑,失神地看着我。

我想,她的饥饿感定会被胃中那半块面包刺激得更加强烈。

她一下子用双手捂住脸哭了。

"我……真自私……"她羞惭地哭着说出这句话。

"我并不怎么饿,真的!"我们又互相依扶着,继续向前走。

我把那双鞋扔掉了。它对于我们俩伤痕累累的脚,已经是毫无价值了。

天，又快黑下来了。

我们走出还没有一百米，她突然尖叫一声。与此同时，我发现了一头大熊立在我们对面十几米远处！熊眼眈眈地瞪着我们！一阵恐惧像高压电流顷刻遍布我的全身！然而那一瞬间产生的恐惧虽然巨大却立刻消失，受一种突发的勇敢的驱使，我一把将她扯到我身后，紧握双拳，预备跟熊进行一场殊死搏斗，用生命保护她。熊和我们对峙了一刻，像一个狭路相逢的陌生人似的，大摇大摆地走了。我望着它黑色的躯体消失在树林中，心里还来不及为我们感到庆幸，冷汗便从额头上淌了下来。我精神的、身体的全部余力，在那短短的几秒钟内消耗尽净。我几乎瘫倒，身子摇晃了一下，被她扶住。同时，她将什么东西交在我手中。我低头一看，是那柄匕首……

我紧紧地握住匕首鞘，在心里对自己说：从现在起我要具备一个真正的堂堂男子汉的勇敢，我一定要带着她走出大森林！

……

我们在大森林中度过了第二夜。

我们没有再离得像昨夜那样远。我们坐在同一棵大树下，互相紧紧地依偎着。为了从对方身上获得温暖，也为了从对方身上获得一种安全感。我们在黎明时分被同时冻醒了，然后羞涩地发现，彼此竟搂抱得那么紧。羞涩使我们都不免有点神色慌乱。我们迅速分开了。雨，不知从什么时候下起的，我们的衣服都淋湿了。只有我们的衣襟是干的，保持着对方的体温。潇潇的秋雨，耐心地洗刷着劫后的大森林的创伤，虽并不急骤，但更加使我们感到了处境的凄惨。我们的衣襟顷刻也被淋湿了。我们都冷得嘴唇青紫，瑟瑟发抖。

我们必须继续向前走。没有第二种选择。

于是我们又向前走。

我们已经迷失了方向。我们不过是在盲目地走。

但是我没有把这一点告诉她。

一具动物的尸骸横在我们眼前。令人恶心的臭皮囊下面的腐肉，已被山鹰和其他动物食尽。蚁群活跃地在骨架上忙乱。死亡呈现着它极其丑恶的面目。

我们都打了一个寒战，彼此看一眼，默默地绕过去。

她滑倒了。

"我……不能再走了，真的！……你撇下我，自己走吧！别管我了……我成了你的累赘……"

我扶起她时，她说出这话。

我不能用任何语言强迫她。

"就是死，我也要陪着你死！"我一字一句地回答了她。

我动手用匕首削砍树枝，费了很大工夫，割伤了手，才撑起一个可以避雨的小小的"帏盖"。我吃力地抱起她，坐到"帏盖"下。她一动也不动地偎躺在我怀里。她的身子那么烫。她在发烧！我紧紧地将她搂抱在我的胸怀里，希望我的体温能减退一些她的烧寒。

她喃喃地说："你……撇下我吧……"

我没有回答，只是把她搂抱得更紧。

"你……真……爱我么？……"她的声音极其细微。她说时，微微仰起了脸。

我俯视着她的脸，无言地点了一下头。我又回想起了贡比拉河畔白桦林中那永远令我感到羞耻的往事。此刻我真想亲吻她的脸，亲吻她那发紫的嘴唇啊，然而我如今已经学会了克制我的情感。我只是用手轻轻梳理着她那凌乱的头发。

"我的脸很脏是不？你替我用雨水洗洗吧！"

我用一只手接着"帏盖"滴淌的水，认认真真地替她将脸洗得非常清洁。

她的脸上呈现着玫瑰红色的烧晕。

她抓住我的一只手，轻轻握着，又喃喃地说："我有一种预感：我们走不出大森林了……我们会饿死，或者被野兽吃掉……我们都这么年轻，我们都没有真正爱过……我从来没有允许一个男人，像你现在这样对我……那些传言，都是鬼话！宣传股长太卑鄙，他对我怀有歹心，我没顺从他，还打了他一记耳光，他怀恨在心，就给我加上了莫须有的罪名……相信我说的都是真话吧！……"

"我相信。"除了这三个字，我那时再找不出一句别的话对她说。

"你如果真心实意爱我，你……就爱吧……现在生命和情感还属于我，我允许你爱……我此刻愿把自己给予你，报答你这两天内对我的照顾……我……也早就喜欢你……"

泪水从我眼中刷刷地淌下来。

"你为什么不说话？你并不真正爱我？我的话，令你鄙视我了吗？……那，就求你用匕首杀死我，把我埋了，自己走吧！被你杀死，总比被野兽……"

我情不自禁地用双手捧住她的脸，含着满眶热泪大声对她说："不！你别这样胡思乱想！我爱你！我发誓永远永远爱你！我们一定要活着走出大森林！我们要坚强！我们谁都不能死，我要你将来做我亲爱的妻子……"

她像个被我搂抱在怀中受尽了委屈的孩子似的，呜呜地哭了。

我搂抱着她，在大森林中，在冷雨中，度过了又一个不眠之夜……

第二天拂晓，雨停了。 她的高烧一点也没减退，开始阵阵昏迷不醒,时不时发出我听不清的呓语。

我背起她,盲目地走。

太阳出来了,我们身上的衣服渐渐被照射进森林的阳光晒干了。

我终于背着她走出了森林。我在路上意外地捡到了一个打火机,不知是扑火者还是猎人失落的,按动一下,还燃着火苗。我惊喜极了!

我又背着她走了一段路,走到了一处"盆地"。四周都是山,山上都是林。"盆地"野草齐腰,这里是人迹罕绝的地带。

我实在太累了,便轻轻放下她。

暖和的阳光将她晒醒了。她发现我们已走出了森林,便一下子坐了起来。但四周观望一阵,眸子又被绝望罩住了。

"我们会得救!"我掏出打火机给她看,又说,"你别动,我拢一堆干草,点荒火!荒火一定会引起护林队的注意!"

她两眼立刻明亮起来,也动手帮我拢干草。

我们很快就拢了一堆干草。我正要按打火机点燃干草堆,她突然一把从我手中夺下了打火机。

"不,我们不能点荒火。四周都是森林,荒火会烧到山上去,引起第二次森林大火的!"

她的提醒,使我呆愣住了。

我从她手中拿过打火机,看了一会儿,甩手远远地扔出去了。

就在这时,天空传来飞机声。

我们不约而同地抬头望着天空。一架直升机从我们头顶飞过。一会儿,又飞回来,降低了高度,在我们头顶盘绕。我们都看到了飞机上的标志,是林管局的飞机!

我们挥舞手臂,大声喊叫。

飞机却显然并没有发现我们。

她忽然脱掉了上衣，没等我理解到她要干什么，她已连胸衣都脱了下来。

就是我所熟悉的那件红色的胸衣。

她赤裸着上身，挥舞着红色的胸衣。

飞机又降低了高度，机舱门打开了，悬梯垂下来了。

她扔掉胸衣，反身无比激动地拥抱住了我。

我捡起她的上衣，披在她身上。我双手捧住她的脸，狂吻起来。

泪水同时从我们眼中涌流不止。

从那一天开始，我觉得我真正长大了。我觉得我懂得了生命、爱和其他的许多许多……

那一年，我二十一岁。

沿江屯志话

一

记载国家大事的文字曰"史",书写一方风情的文字曰"志"。中华民族有著史修志的悠久传统,且尊崇史志,故而才出了个司马迁。古时候,那些府道、县令,捧印初治,倘要做一品清正父母官,替老百姓造些许公益事的,莫不研究府鉴县志,就中思谋安民富国之策。

可一个屯,一个不足百户人家的屯,竟也修了志,说起来怕未必谁都肯信了。信不信由你,反正这样一个屯确是有的,叫沿江屯,在松花江边上。

沿江屯的形成,还不到百年。其成分多是当年"闯关东"的穷汉,所以它的志,无论如何算不得古老。自然,史学家们也就不会对它产生丝毫兴趣了。

但沿江屯的人们,却异常重视他们的"屯志",承认那便是他们的历史。谁个好人,谁个坏人;谁个财迷,谁个正义;谁家的女人偷过汉子，谁家的男人踹过寡妇门；谁家的儿媳是贤妻良母，谁家当婆婆的刁泼恶毒；谁家的老人遭受过虐待……都大小猫三五只地写在那上面呢！这不就等于"青史留名"吗？农人们虽干不成什么光宗耀祖的大事，可还都希图传下个好声誉呐！别小瞧咱们一部"屯志"，兴许就千载不朽、万古不磨哩！他们这么认为。它不是已经一代代写了近百年了吗？

这"屯志"上，也记载了不少其他的事。诸如：某年村人在松花江里捕到过一条鳇鱼精。某年某月传过一次鸡瘟，全村各家各户养的公鸡母鸡统统死绝。某年某月某日夜里，坟丘地闹过鬼，关夫子显过灵。求雨真龙出世，迎亲狐仙拦轿……

创立这"屯志"的人，姓赵，名不白。姓倒很占便宜，百家姓中的鳌头大姓。名字可就十分古怪了，叫赵不白。按农人们的想法，干脆就叫赵黑岂不更爽快！

"屯志"开篇起笔，记载的便是赵不白自己："余，山东蓬莱人氏，祖上曾为乡绅，夸富一方。父喜享乐，性放浪，沉湎酒色犬马，家业挥败尽净。几至灶无薪、釜绝炊。母贤智温良，教余自幼吟诗诵文。父母故，余勤学不废。十载寒窗，备尝悬梁刺股之苦，屡受凿壁偷光之羞。然数跻县试，优而不举，名落孙山。仕途梦幻逐灭。为求生计，投关外亲友，不堪冷落，未辞而别。孑然一身，沿途乞讨，飘零至此。恨命运乖舛，咒人世无情，绝念顿起，愤跃江中，被一渔女所救，后成夫妻……"

整个一个落魄的赵才郎！

这赵不白还算是个知恩图报的人，"屯志"次篇，记载着他老婆对他的恩泽。无非是些文绉绉颂德赞美的词儿："余妻是年一十七岁，虽无大家闺秀之质，却有小家碧玉之貌。柔肠多情，芳心怀善。天性稚乐,不知忧怅。打鱼耕种,可谓能手……"她究竟美貌不美貌,沿江屯的后人,谁也没见着过,但他们相信她是美貌的。因为,他的孙女婉姐儿,少女时美貌得像朵花。如今四十多岁了,还具有令男人们动心的风韵,令女人们嫉妒的窈窕。所以沿江屯的男人们普遍比女人们更加信服"屯志"的真实性。这一点无须别人进行宣传。他们是乐于信服的。

推想这赵不白,原先的本意,未必专想为沿江屯立志。不过是文人的习惯,借助纸笔,一吐胸中的怨感痴恨、郁郁块垒,图个聊以自慰、襟怀坦荡。在这几十户人家的江畔野屯中,问新觅奇,作永日消遣,权当爽心之乐罢了。

公正而论,他对沿江屯的人们还是有贡献的。他教他们的孩子读书识字,不收学费,仅收点柴米。这沿江屯,竟又成为旧中国农村的"个别现象"。虽然,世代都是打鱼种田的,却堪称一个"文化屯"。沿江屯的老辈人,至今提起"屯志"的创立者,都显出极恭敬的神色,尊称他为"赵先生"。先生姓赵,保佑人们招财纳宝的赵公元帅也姓赵,一笔写不出两个"赵"字。他们对赵先生的恭敬,也多少包含点对赵公元帅讨好的意思。他们尤其觉得挺自豪的是,"赵先生"是他们的山东老乡,也算个"闯关东"的。如若这山东人组成的沿江屯的"屯志",居然是一个河北或河南人所创立的话,那是没法儿不叫他们惋惜的。他们可能根本就不承认它。他们的前辈人,更有可能打断"赵先生"的腿,叫他爬着离开沿江屯。

中华人民共和国成立后,当地政府曾发出过一次整理地方文史资料的号召。沿江屯的人们,将他们那一册册楷抄线装、纸页发黄的"屯志",用红绸包卷,委派两个人送到了县文物馆。县文物馆的一位老工作人员,很被它那蓝缎裱皮的发黄纸页迷惑,对两位"特使"格外殷勤、热情,敬烟敬茶,当场拭镜拜读。读了半天,从花镜上方朝两位"特使"暗暗投过失望的一瞥,开始翻阅。翻阅了一会儿,便放下了那宝贝,统统交还给主人,勉强做出应酬的笑脸,含蓄地说:"词句不俗,颇有《聊斋》文采。不过,放在县文物馆保存,倒莫如你们自己保存好。是你们屯的公爱之物嘛……"

两位"特使"听出味道来了。人家分明瞧不起他们的"屯志",拒收的意思,很有些沮丧。

对方也觉得挫伤了他们的积极性,又笑笑,和颜悦色地鼓励道:"你们响应政府的号召,这种积极性是值得表扬的。像你们那样一个小小的屯子,也修了志,大好事嘛!我们一定向上级汇报,提倡推广。你们还应该继续记载下去嘛!如今中华人民共和国成立了,新人新事,层出不穷,希望你们的'屯志'上,今后能记载些更有意义的内容!"

沿江屯的人们,全都因为县文物馆没收下他们的"屯志"而愤愤然。但两位"特使"捎回的鼓励话,又令他们多少感到一点安慰。全屯开了一次会,各抒己见。最后,采纳大多数人的意见,将"屯志"妥善保存,永远不再出示。他们觉悟到,"屯志"上记载的哪家哪户前辈人的光彩事或不光彩事,都是"旧黄历"了,不提它了。何况,那上边还记载了些鬼呀神呀,迷信的一套,完全是新农民应当破除的。他们要重起笔,另开篇,书写一部新的沿江屯"屯志",那才有写头!

一部新的"屯志",该由谁执笔?问题一具体,分歧就产生了。有人主张,"赵先生"为沿江屯修的志,"赵先生"天年之后,"屯志"是由他的儿子赵悦白承写下来的。这新的"屯志",理所当然还要由"赵先生二世"掌墨。何况,他是全屯顶有学问的人,又练得一手好字。

不少人激烈反对,多是些后生小子。他们振振有词地指出,"赵先生"及"赵先生二世"所写的"屯志",今天看来,算不得沿江屯"正史"。往最高评价,也不过只能说是"琐记"。他们的理由很充分。他们掰着手指头举出例子。比如:本屯曾出过一位抗联烈士,在李兆麟将军麾下当过排长。一次战斗中,身负重伤,落入敌手。日本人先诱以金钱美女,后施加毒刑拷打,要他供出李兆麟将军部队的行踪。他宁死不屈,被活活喂了狼狗。这人这事,"赵先生二世"就没记载到"屯志"上。又比如:抗战胜利前两年的一天,一个班的日本兵过江来祸害老百姓,抢走了沿江屯某家十八岁的黄花姑娘,又逼迫姑娘的哥哥摆渡过江。当妹妹的被捆着双手,当哥哥的被拴着两脚,船到江心,兄妹递了个眼色,蹬翻小船,与日本兵同葬江底。这事这人,"赵先生二世"也没有记载到"屯志"上。而据他们说,这两件事三个人,是都被写入一本什么《东北人民抗日事迹汇编》的书中了。他们断言,如若"屯志"上也记载了,县文物馆准会对它另眼相看。他们的话语中,流露出对"赵先生二世"毫不掩饰的谴责。在他们看来,作为"屯志"的掌墨者,他大大地失了职。

这次严肃的讨论会,在赵家屋前的场地上举行。"赵先生二世"坐在石碾子上,吧嗒吧嗒吸着旱烟锅,默默听着两派人面红耳赤的争辩,表情矜持,一声不吭,仿佛对人们争辩的事漠不关心。其实,他心中颇为恼火。那"屯志"毕竟是他赵家两代人相承,一个字一个字记载下来的啊!十好几册呀!一律的蝇头小楷,一律的蓝缎裱皮,全县,不,全省打听打听,哪一村、哪一屯,还能再找出这样的东西?全国大概也是少有的。至于,他没有记载的那两件事,哼,他暗暗思忖,那年月,日本兵三天两头过江到屯子里来,谁愿担掉脑袋的风险?那犯得着么?瞧着一个比一个放肆的后生小子们对"屯志"评三道四,他几次欲站起来捍卫赵家的尊严,但都被"涵养"两个字按捺住了，火气忍而不发。

"赵先生二世"也和"赵先生一世"一样，做了屯中小学的教师。从清末年间到伪满洲国，到抗战胜利，再到中华人民共和国成立，只因沿江屯得天独厚地有他们这两世赵先生，沿江屯的小学校，才能在兵荒马乱之中，办到如今；沿江屯的人们，才能一个个都多少识点文，断点字。

"赵先生二世"出生那天，"赵先生一世"清早迈出家门，但见雪景满目，白雪皑皑大地一片洁净，心中豁然，不禁脱口赞道："呀，好大雪！"到江边走了一遭，诗兴萌发，回家便铺纸研墨，刷刷刷地写成了一首"咏雪词"。刚搁下笔，他老婆就在炕上娇声叫起来："快快去找孙二婶来！"

孙二婶接的生——一个白白胖胖的大小子。

"赵先生一世"不胜欢喜，给"赵先生二世"起了个超俗的名字，叫"悦白"。有意要儿子的名字与自己那古怪的名字相佐。

倘说"赵先生一世"对沿江屯的人们怀有感戴之情，"赵先生二世"则反过来，要求沿江屯的人们不但恭敬他，还须得报答他。因为，他可没投过江，也没被他老婆救过。用他的话说，目不识丁的庄稼汉，插上条尾巴就是驴。他等于使他们的儿女们重托生一次人，他们还不该虔诚地报答他吗？他教学倒是蛮认真，袭用从"赵先生一世"那里继承下来的治学法，打起学生的手板来冷酷无情。沿江屯的人们也的确像恭敬"赵先生一世"那么恭敬他，像感激"赵先生一世"那么感激他。先生尽心不尽心，要看手板打得狠不狠，不打学生手板的先生绝不是好先生。庄户人们一致地这么认为，但他们的儿女们却并不也这么认为。已经从"赵先生二世"那"毕业"了的，甚至不愿让自己的弟弟妹妹们再做他的学生。被他的手板打怵了。某些后生小子们对"屯志"的"攻击"言论,也是对"赵先生二世"的当众报复。

"赵先生二世"悟出了这一点,暗暗觉着寒心。

他那十四岁的闺女婉姐儿,斜并双腿,轻靠着父亲,娴娴静静地坐在小板凳上,熟练地纳着一只鞋底儿。她娘过世早,她和爹相依为命。爹以沿江屯的"书香门第"自居,对独生女儿管束甚严,一心想要使她出落得像"大家闺秀"一样,指望她将来能考上县城里的高中去读书。其实,当爹的也不知何为"大家闺秀"风范,压根儿就没见着过一个样板。

婉姐儿在爹面前循规蹈矩,坐有坐相,站有站相,举手投足,一颦一笑,从不稍微失态,并非出于自觉,是怕惹爹生气。背着爹,可就活脱脱一个假小子啦。专爱跟半大后生们凑在一块,欢耍寻乐,下河嬉水,上树掏雀蛋,又喊又叫,又蹦又跳,全没半点儿姑娘家模样。那情景要是叫她爹瞧见了,准把当爹的气得瞪眼睛。但她伪装得高超,她爹一次也没瞧见过。

她手中一边纳着鞋底儿,心里一边觉着众人争辩得十分好玩,像不花钱看野台子戏。她并不认为爹若丧失了记载"屯志"的世袭权,便是赵家的一种不光彩。爹眷写"屯志"的时刻,每每要她侍候纸墨。有时还要她端坐一旁,听他洋洋自得地絮絮叨叨,摇头晃脑地向她传授一些骈词俪句的学问。这使她如坐针毡,好比受刑。她对爹这一套,早就腻透了。她唯恐果真世袭下来,有朝一日这份荣耀落在她自己头上。她才不稀罕这份荣耀哩!

两派人的争辩,终于接近尾声。老人们辩不过那些吵吵嚷嚷的后生小子,眼瞅着一个个败下阵,大势已去。

就在这时,赵悦白不慌不忙地站起身来,在石碾子上有声有响地磕了几下铜烟锅,大声喊道:"雅静!"

人们见"赵先生二世"要发表宏论，顿时雅静，各种各样的目光注视在他身上，期待他开口。

他板着脸将众人环视一遍，说："既是大多数人竟这么不抬举我，我赵悦白绝不抱愧夺宠！我承写咱们的'屯志'，一不为沽名，二不为钓誉，乃是为了奉行家父遗嘱。古人云：文士之美，美在豁达。我们赵家两代人，为咱们屯记载了百年之志，是哉非哉，自有公论。我呢，从今往后，只图个功成身退。这'屯志'，让那文才盖世的去写吧！此事，再与我赵家毫无牵扯！"他之乎者也地说罢这席话，双臂朝身后一剪，昂首迈步，对谁也不瞧一眼，扬长而去。

众人面面相觑，神态各异，连那些刚才还吵嚷不休的后生小子，也一个个愧怍起来。

他走到自家门前，又反过身来，不屑地瞅着那些后生小子，慢条斯理地开口道："还有一句话，我要当众说在前头，连县文物馆也不曾埋没，夸赞我们赵家的记载有《聊斋》文采，你们呢？你们能书写出几多文采？'一犬卧于途，奔马过而踏毙之'，按史家笔法，该怎么行文？"

后生小子们你瞧我，我窥你，狼狈极了。

"奔马毙犬于途！"他脸面上浮现一丝冷笑，用诲人不倦的语气对他们说："学海无涯，你们还嫩得很呐，往后，多来向我请教着点！"

争了这个上风，他内心的恼怒，才总算有机会发泄了一点，悻悻地进入屋内，再不出来了。

婉姐儿见爹如此认真，怕爹独自气闷，郁结起内火，害一场病，就赶紧也钻进屋去，劝慰她爹。

上了年纪的人们，见"赵先生二世"分明真恼了，指点着那些狂妄的后生小子，严加训斥，自不消说。

从那日起，这沿江屯的"屯志"，就由沿江屯的几个后生小子去撰写了。赵悦白——"赵先生二世"，虽心向往之，但偏要端起架子，只字不再过问。后生小子们和他较着一股劲，也从未俯首低眉去请教过他。此事，固然使他耿耿于怀，但他身为先生，教书的本职，一如既往，毫没受挫。打起手板来，照样冷酷无情。庄户人们，依旧认为他是个治学严厉的好先生。他闲来无事，便将那十几册旧"屯志"翻出，赏读其《聊斋》文采。自得之时，还要提笔批注，或曰"绝妙好词"，或曰"当浮一大白"。婉姐儿见爹此状，掩口窃笑。

　　不久，当地政府进行了一次"农村阶级成分复查"运动。县里派了一个人来到沿江屯。这人叫吴茵，是个二十多岁的女同志，年纪虽轻，资历却很令人羡慕。她十几岁起，便是军队文工团的小演员。解放这座县城时，负了伤，就地转业，当了县委妇女工作部部长。吴部长是个南方姑娘，身材娇小，脸面白净，秀眉大眼，是个标致俊人儿。她仍穿一套洗得发白的旧军装，剪齐耳短发，英姿飒爽。说起话来伶牙俐齿，声调悦耳。沿江屯的庄户人们，都把她视为一个地地道道的"干部"。尽管她是那么和蔼热情，他们对待她可还是恭敬有余，亲近不足。他们唯恐过分亲近会影响对她的恭敬。

　　吴部长被安置在全屯最清洁的赵家，和婉姐儿住一屋。这一个少女、一个姑娘，不久便成了知己，彼此由衷地信赖、由衷地亲爱。一个恨不能就改姓了吴，一个恨不能就改姓了赵，做一对亲姊妹。吴部长喜欢婉姐儿静时像一朵睡莲，活泼起来像一只顽皮的小鹿。喜欢她心地善良，黄鼠狼咬死只鸡，她都怜悯得哭一场。喜欢她年龄不大，生长在一个江边小屯，虽没见过什么世面，却天资聪慧，透着种机巧，内灵外秀。喜欢她纯洁无邪，全无一般有姿色的女孩家故作的风骚。喜欢她那张鹅蛋脸、那双丹凤眼。喜欢她娇润的小嘴唇，和那条梳在背后的长过腰际的大辫子。一句话,喜欢她整个人。少女情怀总是诗。吴部长爱写诗,也发表过几首诗,她觉着婉姐儿就像是一首诗。吴部长对婉姐儿亲爱得没法比,主动提出要认婉姐儿作干妹子。婉姐儿对吴部长自然敬仰之至。吴部长是她遇着的第一个非凡女人。这女人才比她年长十来岁,就当上了县委的"大干部",发一句话,便是号令,全县妇女都得行动起来。她巴不得能有幸认这么一个让她崇拜的女人作干姐姐。

"婉姐儿,我有心认你作个妹妹,你愿意吗?"吴部长刚试探着对婉姐儿说出这话,婉姐儿早已亲亲昵昵地叫了声"姐姐!"溜顺成条地站到她面前,向她行了一个九十度大鞠躬。

吴部长高兴得心花怒放,就将婉姐儿拉过去,捧着她的脸蛋儿仔仔细细端详了半天,弄得婉姐儿红了脸,害羞起来。

"婉姐儿,婉姐儿,你可不知道,我有个亲妹妹,几乎就跟你长得一模一样,六岁时患肺结核死了……"吴部长动了感情,眼泪扑簌簌落下来。

"姐姐……"婉姐儿掏出手绢,轻轻地替她拭去脸颊上的泪,偎在她怀里,柔声细语地说:"你就当你的亲妹还活着,你就把我当成她吧!……"

吴部长听了婉姐儿的话,紧紧搂住她,许久说不出话来,光是不停地抚摸婉姐儿的头发。

她们相依相偎,一种亲似姊妹、胜似姊妹的感情,在彼此心中油然而生。

那一时刻,她们都觉得非常非常幸福。

婉姐儿将吴部长认她作妹妹的事告诉了爹。"赵先生二世"乐得合不拢嘴,连说几句:"真是赵家的荣幸,赵家的荣幸!"

依着赵悦白的意思，那是一定要让吴部长和婉姐儿焚香敬祖，一拜天地，二拜神灵，指心立盟，完过一套仪式的。吴部长说什么也不肯依从。她是共产党员，是县委的干部，搞带有封建色彩的那一套，她是断然不能从命的。赵悦白却坚持说，她若不与婉姐儿完过一套仪式，就证明她心不诚。还是婉姐儿机灵，笑着说："爹，姐姐犯难，就别强迫姐姐了！心诚不诚，全在于以心换心。我和姐姐早就互相换过了心啦！今晚，我亲手给您做一顿长寿面吃，您活着一天，就当我和姐姐一天见证人！"一番话说得赵悦白频频点头，说得吴部长微微含笑。

当爹的高兴，挎上小半篮鸡蛋，摇船过江，亲自到江那边县城里换回二斤肉、五两酒。

吴部长虽然与婉姐儿认了姊妹，却并不按情理称赵悦白"干爹"。她不喜欢这个人开口闭口之乎者也的谈吐。他对她那种处处恭而敬之的态度，常使她感到局促，有时甚至使她陷入尴尬，觉得别别扭扭。为了不致使婉姐儿扫兴，她对他，还是显出比往日亲近许多的样子。"赵先生二世"，可是一心期待着她称他一声"干爹"的。一顿晚饭就要吃罢了，"干爹"两个字始终不从她口中吐出来，他心里也就明白了。人家瞧得起的是他女儿，并非是他。怎么，不抬举我呀？他心里有些不痛快。转而一想，人家是县里的"大干部"，是堂堂的一位"部长"，又是在党的人，认亲攀故的，共产党不兴这一套，不能勉为其难嘛！瞧得起自己的女儿，还不是跟瞧得起自己一样的吗？女儿能认了这么一位了不起的巾帼英雄作"干姐姐"，已经是赵家天大的荣幸了，何必再计较许多哩！如此这般地暗暗劝解了自己一回，便也就原谅了吴部长，变矜持为欢喜了。一高兴，多饮了两盅，那张蓄着兔尾巴胡子的长方脸上，放出红光来。

饭后，婉姐儿和吴部长抢着刷洗了碗筷，双双走入她们的屋内去说贴己话。"赵先生二世"独留桌旁,剔了一会儿牙缝,动了一个多余的念头,真多余!

他打开箱盖,从箱子里取出红绸包卷的那十几册旧"屯志",犹豫一阵,走到婉姐儿屋门前,隔门帘咳嗽了一声,一手托着"屯志",一手撩起门帘,迈了进去。

"她姐,我见你有时闲着没事儿,这是咱们的'屯志',你不妨当作消遣,翻看翻看,指教指教。"说着,双手将"屯志"递向吴部长。那副郑重的样子,仿佛将什么宝物至诚相托。

吴部长略一怔。这一怔,包含两个内容:一是,"她姐"这称呼,令她糊涂了一刹那。怎么这样称呼起来了呢?但她是个机敏的人,立刻就悟出其中道理。自己既然已将婉姐儿认作了妹妹,人家当爹的,哪能还称自己"吴部长"啊!那岂不是显得人家见外了吗?直呼姓名,也不合适。冲着婉姐儿称呼自己,倒是于双方都无伤大雅。她着实暗暗佩服对方的良苦用心。二是,这"屯志"是什么东西?她第一次听说,一时拿不准自己到底该不该接过来,该不该翻翻看。何况一旦翻看了,还得同时承担"指教"二字呐!

她这一怔的工夫,"赵先生二世"很有些受用不住啦。他双手捧着那东西呢!万一人家不肯赏脸过目,多狼狈?也将落得被女儿羞怪。他发窘地讪笑着,不知如何是好。

婉姐儿看在眼里,替爹红了脸,责备道:"爹,那天咱们全屯开会,不是决定不再将'屯志'出示给人看了吗?您怎么又拿来炫耀?姐姐哪有这份闲心啊!快收起来吧!"

"赵先生二世"的诚意,首先已多少感动了吴部长,听了婉姐儿的话,她倒对那红绸包卷的东西产生了某种好奇的兴趣。对方那尴尬的样子,又使她很怜悯。于是她便接了过去,笑着说:"我看,我看!"

"屯志"一脱手,"赵先生二世"转身便走,好像生怕吴部长又将"屯志"塞还给他,说上句"我不看了"。你若真是个有才学的,就不难从那上边看出《史记》笔法和《聊斋》文采,你这位吴部长就再不会觉得叫我一声"干爹",有什么冤枉。他此举所要达到的目的,既单纯又浅薄,也没什么不可告人的。

当爹的一出去,婉姐儿从吴部长手中夺下那"屯志",朝炕上一丢,将嘴附在她耳朵上说:"姐,你别看,记的尽是些不值当作文章的事儿!"

吴部长认真地回答:"我怎么也得翻看翻看啊!要不,可太辜负你爹了呀!"说罢,瞧着婉姐儿,也忍俊不禁,扑哧笑了……

晚上,婉姐儿睡着了之后,吴部长打开红绸,拿起"屯志"第一卷,怀着一种神秘感,一字一句拜读起来。那"屯志"是用对折的宣纸双面抄写而成的。她只看了一页,沉静的表情就渐渐变得严肃起来。呀!照这"屯志"上的记载,赵家原来并非贫农!她头脑中,顿时形成了一部明晰的家谱。婉姐儿原来是没落乡绅的第四代人,是封建地主阶级的嫡传!乡绅或地主,不过是文字表述上的不同,都在剥削阶级之列。"屯志"上写得明明白白,婉姐儿的祖父还当过乡绅的小少爷呢。"夸富一方"的乡绅,显然要比按农村阶级成分划定的一般地主财大势大得多!再往上推一辈,婉姐儿的曾祖父,"喜享乐,性放浪,沉湎酒色犬马"。这等剥削者,哪有不作恶多端,欺压百姓,称霸一方的?别的且不论,单论一个"色"字,就足可证明对多少女子犯下了罪孽!而这种罪孽,是吴部长身为女性,所疾恶如仇的。那婉姐儿的祖父赵不白,又该算个什么呢?虽然,当时的落魄田地也够可怜的,但却断不能因此就可以被视为劳动人民呀!将一个落魄公子与沿江屯的农民们一视同仁的话,岂不是混淆了阶级阵线吗?

关于他,"屯志"上记载得明明白白,他不是靠种地打鱼糊口,而是靠教书生活。"不收学费,仅收柴米",一言以蔽之,还不是靠全屯人养活吗?还不就等于变相的剥削吗?而且,他教给沿江屯农民弟子一些什么呢?当然,绝不会是无产阶级的文化。非无产阶级的文化,那么肯定便是封建阶级的文化了,是腐朽的、没落的、反动阶级的文化。通过反动阶级的文化,灌输的也当然是腐朽的、没落的、反动阶级的思想了。就算动机是良好的吧,效果却是极其反动的呀!这"赵先生一世",对沿江屯的人们究竟有功还是有罪?功大罪大?还是功罪各半?她并不想妄断。这一点,需要沿江屯的人们自己总结,自己思考。她相信他们的觉悟,相信他们自己会得出正确的结论。按照这种阶级分析法,对"赵先生一世"分析了一通之后,她开始分析"赵先生二世"。分析的结果,两位"赵先生",显然都是农村的半剥削者。而且,这"二世赵先生",分明比"一世赵先生"的封建剥削阶级意识更强,想把婉姐儿教导成一个"大家闺秀",便是这种封建剥削阶级意识的体现。他还鄙视农民,说过"没有文化的农民,插条尾巴就是驴"。而且,他对农民的孩子毫无感情,打手板打得那么狠。他还俨然以沿江屯农民的大恩人自居,要他们恭敬他、感激他。这些,吴部长来到沿江屯后,耳中也多少灌进了一些反映,只不过起初以为,那是他假酸捏醋的言行,令一些人看不惯,并没有像此刻这样上升到阶级分析的高度来认识。赵家的生活状况,也说明了赵家的剥削实质。赵家的房子是全屯最好的。全屯人给盖的,全屯人轮流每年给修。赵家父女俩的日子,是全屯过得顶得意的。想吃肉,杀猪的人家就主动给送肉来了。想吃鱼,捕到鱼的人家就主动给送上门了。想吃瓜果,别人家的瓜地果园,允许他们父女随便出入,就像出入自己家的瓜地果园一样……

就说婉姐儿吧,也与全屯哪一个同龄的少男少女,都过着不一样的生活。她穿得比他们齐整干净,她有闲空儿坐着想什么心事儿。她要玩时,也可以无忧无虑地尽情玩耍。她所干的活,也不过就是收拾收拾自己的家,种种园子里的菜,或者补补衣服做双鞋。而那些穷人家的孩子,农忙季节,则是要和大人们一块儿下地,经受日晒雨淋的。

头脑中进行了这样一番严肃的思考后,吴部长顿时觉得不安了。原先,她还以为沿江屯的阶级成分复查工作是简单的,全屯尽是清一色的贫农。现在看来不正确了,沿江屯存在着剥削现象。赵家就是沿江屯的变相剥削者,而且对沿江屯的人们进行了两代剥削。赵家的成分,可该怎么划呢?划贫农?那岂不是等于包庇吗?自己认了婉姐儿这干妹妹,就更逃脱不掉包庇的嫌疑!哎呀呀,吴茵呀吴茵,你怎么这般轻率呀!你忘了共产党人的优良传统啦!每到一地,吃住谁家,这可是个严肃的立场问题、阶级感情问题呢。沿江屯百十户人家,你却一屁股坐到了赵家炕头上。千不该万不该,你更不该糊里糊涂认了婉姐儿作"干妹妹"。在旁人眼里,你也就等于认了"赵先生二世"这个"干爹"呀!尽管你自己有所保留,却准会给旁人落个话柄。这种事发生在你来到沿江屯搞阶级成分复查时期,性质就尤为严重了……

想到这些,她心中暗暗叫苦不迭,既没心思再多翻看一页那"屯志",也根本无法入睡了。

第二天清早,婉姐儿醒时,见吴部长已洗罢了脸,正在梳头。

婉姐儿坐起身,瞧着她的脸,问:"姐,你眼睛怎么红肿了?昨夜没睡好?"

她掩饰地回答:"昨夜,窗台下有只蟋蟀不停地叫,我神经衰弱,哪怕有点细小的声音,就睡不安适。"

"是吗？"婉姐儿半信半疑，又问："我咋没听见蟋蟀叫？姐八成想什么心事想得睡不着觉吧？"说完，调皮地咯咯笑了。

她没笑，她笑不出来。她心中暗想：婉姐儿，婉姐儿，你这不幸的少女啊！你的命运可太不济了。你偏出生在这么一个于你不利的家庭中！你这会儿还笑哩，往后就有你苦的时候了。往后你也就再不要叫我姐姐了，我也再不能叫你妹妹了。姐姐不得不违心愿地做出对不起你的事了，你可别怨恨我呀！……

婉姐儿却预见不到有什么不幸将落在自己身上，她匆匆穿好衣服，趿着鞋子下了炕，就往吴部长怀里一偎，撒娇说："姐，你给我盘个好看的头！"

吴部长心里真不是滋味，她直觉得自己的心弦被婉姐儿无意地拨动了。她鼻子一酸，眼泪差点涌了出来。她要做的事情，对赵家意味着什么，对婉姐儿意味着什么，她是非常清楚的，她却不能不做。她认为，有一种高于一切的原则要求她做。她心中产生了强烈的冲动，想跪在婉姐儿面前，对她说："我就将变成你最怨恨的人了啊！"

她努力克制住内心复杂的情感，脸上装出往日那种亲昵，一句话也没说，默默地给婉姐儿拢了个"丹凤朝阳"的发式。

婉姐儿对着小圆镜一照，立刻用双手捂住脸，连连跺脚说："不好看，不好看，像个唱戏的啦！"说着，拆散了头发，又央求道："姐，你再给我重盘嘛！盘个'一朵莲'式的。"

她还是没说话，再次默默地给婉姐儿梳头，仔仔细细地给婉姐儿拢了个莲花发式。

婉姐儿一照镜子，脸上满意地笑开了一朵花，反身搂着她的肩膀说："姐，你也把头发留长吧！你这么黑这么密的头发，盘个什么样式都会逗人喜爱的。"

吃早饭时,"赵先生二世"也瞧出吴部长的神色不对了。但是,他觉得不便多问,暗揣了满腹的狐疑。

那一天,是"赵先生二世"教育史上最辉煌的一天。对他的学生们来说,是完全值得庆贺的纪念日。他一跨入教室,便向他的学生庄严宣布:"从即日起,本先生废除打手板学规。"这并非出于很自觉的反省意识,只不过是由于他高兴。一高兴,即使是一个相当严厉的人,也会变得可爱起来。倘一个人在一时高兴的情况之下,做出对众人有利的良好决定,那么他就会变得分外可爱,甚至获得爱戴。"赵先生二世"在那一天就获得了这种爱戴。他的学生们都很受感动,觉得不爱戴先生,简直就是他们过去的错误。他们在那一天对先生表现出的恭敬,也流露得特别由衷。

放学前,他对学生们说:"谢谢大家,今天我感到很幸福。"他说的是一句心里话。他怀着欣慰的情绪,踱着不紧不慢的方步,在学生们的簇拥下走过屯路,洋洋自得地回到家里。一进院子,见婉姐儿头上包一块手巾,浑身落一层土,正在扒她那屋子的窗台,业已扒塌了一大半。"我的姑娘,你这是做什么?"他惊诧得瞪大了眼睛。婉姐儿回眸一笑:"爹,我抓蟋蟀!"说着又继续扒下了一块坯。"你,岂有此理!还不给我住手!"他气得连连跺脚,疑惑女儿莫不是发疯了。

"爹,瞧你!扒了,再找人砌上就得了么。你没见我姐姐早起肿着双眼吗?蟋蟀叫得她昨晚一宿没睡安适呢!"婉姐儿理由挺充分地解释自己的行为。

"唔?……"他愣了一愣,神色缓和下来,对女儿讲出的理由表示认可,追问:"抓到了吗?""抓到三只,可都是母的!"婉姐儿对自己的战果有些沮丧。当爹的皱起眉,训斥道:"粗俗之言,粗俗之言。鸣虫者,雄性也。什么公的母的,以后不许这么个说法。"

婉姐儿根本没听爹在说些什么,她又发现了一只蟋蟀,两眼牢牢地盯住那虫儿,对爹轻轻嘘了一声。当爹的也发现了那虫儿,屏息敛气,一动也不敢动,唯恐惊逃了它,会承担什么严重责任。他瞧着女儿蹑足走过去,并拢双手,一扑,没扑着,那虫儿蹦到一块坯上,晃了晃触须,从容不迫地钻入坯堆底下去了。

婉姐儿噘起嘴,气恼地朝那块坯踢了一脚。"你不该用双手去扑,双手带动的风力大,它那触须灵敏得很,早有所觉察了。你该用一只手的,要接近了,瞅准了,万无一失了再扑。"当爹的像教练员一般对女儿进行技艺指导。

婉姐儿怏怏地说:"爹,你什么都高明,再见着了,你就抓一只好了。"说罢,蹲下身,小心翼翼地一块块翻动那堆坯。当爹的受到抢白,心中老大不悦,将两只袖子都挽起来,伺机一显身手。

那只蟋蟀,终于从坯堆中被翻了出来,刚一现形,父女俩的四只手同时扑过去。四只手慢慢抬起,结果哪一只手也没立下功劳,蟋蟀却不知去向。

婉姐儿瞧爹一眼,扑哧笑了,嗔怪道:"爹,你咋也用两只手?""这个嘛……"当爹的红了脸,无话可答,蓦地一指:"在那儿!"那蟋蟀果然又骄傲地屹立在窗台上,仿佛在睥睨着父女俩。婉姐儿悄声问:"爹,它可是个公的?"此时此刻,当爹的也顾不上计较女儿的"粗俗之言"了,怂恿道:"还不快捉,就要蹦了。"婉姐儿犹豫一下,从头上取下毛巾,一寸寸移将过去,展开毛巾,飞速一盖,赶紧用双手压住了毛巾。当爹的看得真切,兴奋地大叫:"捉到啦!"几步跨过去,也用双手按住毛巾。父女俩缓缓慢慢掀开毛巾,不禁负罪地对视一眼。那"雄性鸣虫",躺在窗台上,蹬直了两条后腿,被压死了。婉姐儿轻轻用两根手指将它捏起,放在另一只手掌心上,瞧着它，难过得直想落泪。她说："爹，都怨你按得太猛太用力了。我本不想伤害它的，我不过想给它们搬搬家，让我姐姐夜里睡得安适些，哪想到就弄死了。"

当爹的叹口气道："唉！无心之罪，无心之罪！我也是为了你姐姐才……"当爹的虽然打学生的手板狠，对于小生灵的性命，可常常大动恻隐之心。

有一个老太婆来到了赵家的院子，她站在这父女俩身后，已经默默地瞧了他们一会儿，见他们互相埋怨得可乐，就插言道："得啦得啦，别那么菩萨心肠！不过是弄死只虫嘛！再说，你们也忒把吴部长尊贵到天上去了。为她睡得安适，想个别的法儿不行？也值当将好端端的窗台扒了？"

父女俩闻声转过身，都怪不好意思起来。"赵先生二世"窘态难饰，搭讪着说："老嫂子，快请屋里去坐吧！"婉姐儿就问："李大娘，您有事儿吧？"李大娘笑盈盈地瞅着婉姐儿说："我呀，是传吴部长的口谕来的，她叫你立即就去呢！"婉姐儿问："她在哪儿呀？"李大娘回答："在我家坐等你呢！还叫我帮你把她的铺盖也捎了去。"婉姐儿看了父亲一眼，又问李大娘："这么说，她是不想在我们家住了？""她要住在我家呢！"婉姐儿一听，就将托在手心里那只蟋蟀朝地上一摔，恨恨地说了一句："都怨这只虫！"李大娘心直口快地说："我看也未见得是这只虫的因由，她兴许还为别的什么事吧？"赵家父女又对视了一眼，都闷闷不解。婉姐儿嘟哝道："还能为别的什么事儿呢？就是我们有什么不周到的地方，她难以开口对我爹讲，也会对我讲的呀！她怎么就这样从我家搬走了呢？"当爹的疑心地问李大娘："老嫂子，你不是假传口谕吧？"李大娘不高兴地沉下了脸："我能吗？她说从今天起要住在我家，我还很犯寻思呢，住在你家不是强似住在我家吗？我可没做拉宾夺客的事儿!"赵家父女不好再问什么。那婉姐儿违着心,失情落意地走进屋去,抱出吴部长的铺盖,慢腾腾地跟在李大娘身后,默默而去。"赵先生二世"站在院子里,低头猜测半晌,也想不出个所以然。

婉姐儿来到李大娘家,被大娘引进偏屋,见吴部长自个儿拿着笤帚在扫墙。那偏屋是李大娘家没人住的闲屋,满屋散发着一股霉潮气味。炕席已多年没换,很破旧了。婉姐儿将铺盖轻轻放在炕上,看了吴部长一眼,侧转身,一言不发,呆呆站着,满面受了极大委屈的神色。"婉姐儿,你坐吧!"吴部长开口这么说,顺手将笤帚靠在墙角,一时也显出了拘谨的样子。

李大娘见她们两人这般状态,很懂事礼地退了出去,还将屋门轻轻掩上了。

吴部长沉默了一会儿,又说:"婉姐儿,你坐呀!"

婉姐儿未动,很伤心地落下眼泪来。她期待着吴部长对她有更亲近的表示,能像哄小妹妹一般哄哄她。

吴部长走到婉姐儿身边,伸出只手,想抚摸婉姐儿的肩。但她那只手还未触到婉姐儿的肩,就缩回去了。她缓缓地背转身,低下头,静立了一会儿,悄悄从婉姐儿身边走到炕沿前。

她在炕沿前又静立了一会儿,终于下定了什么决心似的,款款坐在炕沿上,望着婉姐儿,说:"婉姐儿,我要求你坐下,我有话跟你讲。"

婉姐儿倏地朝她转过了脸。她那太严肃的话,她那缺少温情的语调,使婉姐儿感到极大意外。婉姐儿顺从地在炕沿上坐下,目光注视着她的脸,仿佛无言地对她说,姐姐,你的话令我心里太不安了,你可千万别对我说出什么疏远生分的话啊!

吴部长完全理解了婉姐儿目光中所包含的那番无言的话语,心中充满了一种难以表述的复杂的感情。二十四岁的县委妇女工作部部长，在婉姐儿到来之前，预先用理智筑起的心灵的堡垒，在婉姐儿那惊诧的等待接受某种判决一般的目光注视下，几乎土崩瓦解。

"婉姐儿，有件事，我不能不预先告诉你，这……也就是我为什么要从你家搬走的原因。这件事，对你是很不利的，甚至可以说，是很不幸的……是的，是不幸的，完全是这样。而我……一点儿也帮不上你的忙……"吴部长极艰难地，一句一顿地说出了这番话。她的声音很低，觉得口干舌燥。

婉姐儿身子一动未动，眼睛一眨未眨，目光始终注视着她的脸。目光不唯是惊诧的，而且流露出了内心的忐忑。

"婉姐儿，你们家不是贫农……"吴部长的声音更低了。

婉姐儿还是那么呆呆地瞧着她，一时还分析不出这句话的严峻性。

吴部长咽口唾沫，润了润嗓子，提高声音说："你的父亲参加过农业劳动吗？没有。你的祖父参加过农业劳动吗？更没有。不但没有参加过农业劳动，而且还是一个乡绅公子。如果再往上推一代，你的曾祖父，就是一个地地道道的封建剥削者了。好在阶级成分只从祖父那一辈定，否则，你就算是一个封建剥削者的后代了。所以，把你们家的成分定为贫农的话，那无疑等于我在包庇你们。定为地主呢，又太过了一些。定为富农，才是符合党划分农村阶级成分的政策。难道你们家不是全屯最富的一家吗？从今往后，人们就会将你当成一个富农的女儿看待了。你……再也不要叫我姐姐了，就算我和你之间并没有认干姊妹这一回事儿……我的话，你都听明白了吗？"

吴部长说的每一句话，婉姐儿都听明白了。正因为听明白了，她才完全呆住了。她找不出任何一句话来反驳吴部长。吴部长的话是有理有据的。照吴部长的观点，她似乎还应当感到侥幸——倘按曾祖父那一辈划成分,她便是一个封建剥削者的后代了。

但隔夜之间,自己就由受全屯人恭敬和感激的"赵先生"的女儿,变成了一个铁板钉钉的富农的女儿,这使她感到非常可怕,如晴天霹雳了!她听说过别的农村里是如何对待富农和富农的子女的。她根本没有勇气接受这个现实。

婉姐儿的目光中充满了恐惧。

她一下子站起来,走到吴部长跟前,双膝同时跪下,抱住吴部长的腿,仰起脸,说道:"姐姐,你可得救救我呀!……"说罢这话,眼泪就淌了下来。

慌得个吴部长赶紧扶起她,一时也找不到什么恰当的言辞,光是重复地说:"婉姐儿,别这样!婉姐儿,别这样……"

婉姐儿抱住她放声大哭。

屋门开了,李大娘一脚迈进来。她一直在门外偷听。她觉得此时此刻,自己义不容辞地应该替赵先生和婉姐儿说句好话,说句公道话。

于是,她开口说:"吴部长,您就怜悯怜悯婉姐儿这孩子,高抬贵手吧!您是来搞阶级成分复查的,您把握着这个权力呀!说来说去,两代赵先生,对我们全屯人还是有德的呀!方圆百里打听打听,哪一村哪一屯,有我们沿江屯这么多识文断字的人?只要您不认真,我们全屯人是不会对赵家的成分认真考究的……"

听李大娘这么说,那婉姐儿更是紧紧抱住吴部长不放,哭得更令人同情了。泪水将吴部长的肩头都弄湿了。

吴部长急了,使劲挣脱身子,退后一步,抻抻被婉姐弄皱的衣服,朝后拢拢头发,镇定了一下自己的心神,用一种为难的语调说:"大娘,婉姐儿,不是我的心太冷硬,我也是个女人呀!我是喜爱婉姐的。

可我是党员,是县委的干部,是来负责搞阶级成分复查工作的,党的政策、党的原则,一条条在那里摆着,我……我不能……你们不能要求我做犯错误的事呀!即使我包庇了赵家,今后兴许还会再搞一次阶级成分复查工作的!千不该万不该,都怪我不该看那'屯志',我要不看,也就不知道了。我如今知道了赵家的来龙去脉,怎么能存心包庇啊!"

听了吴部长这番话,婉姐儿不哭了。她徐徐抬起头,泪眼汪汪地看了吴部长一眼,一扭身从屋里跑出去了。李大娘叹了口气,也不看吴部长一眼,转身跨出了门槛。

吴部长呆立许久,坐在炕沿上,双手捂住了脸。

婉姐儿一口气跑回家,跑进自己的屋子,扑在炕上,放声大哭。"赵先生二世"听到女儿的哭声走过来,大声问:"婉姐儿,怎么回事?什么人欺负你了?快告诉爹!"婉姐儿一下子坐起来,看了爹一眼,又反身扑在炕上大哭。"你哭天抢地像什么样子?给我开口说话!""赵先生二世"发脾气了。婉姐儿就是不说话,她猛地爬起来,奔入爹住的那间屋,打开炕箱盖,将箱子里的东西一件件翻出来,扔得满炕遍是。"你给我住手!"当爹的也跟了过来,大吼一声。婉姐儿这会儿也不惧怕爹了。她将箱子翻空,没见她要找的东西。她用力摔上箱盖,推开站在门口的爹,又奔入自己屋里。她在寻找"屯志"。她一眼发现"屯志"放在炕角,跃上炕,站在炕上,抖开那包卷在外面的红绸,拿起一本"屯志"乱撕乱扯。扔掉一册,又拿起一册,刹那间,撕得满炕尽是碎纸残页。"你发疯啦!""赵先生二世"顾不得当爹的体统,也跃上炕,同自己的女儿争夺"屯志"。

李大娘忽然出现在这屋里,冲着"赵先生二世"大声嚷道:"婉姐儿他爹!你还宝贝你那'屯志'呢!你个聪明一世、糊涂一时的人,你还拿给人家县里的干部看了。就为它,你们家要被划成富农啊!"

婉姐儿一下子坐在炕上,抱着被垛又哭。"赵先生二世"争夺到手的几册"屯志",掉落在炕上。"富农?……"他也一下子呆坐在了炕上……

二

沿江屯的人们,对于将赵家划为"富农"这件事,最初都有些难以接受。他们普遍认为,这件事不仅与赵家有关,也与全屯人的荣辱有关。沿江屯,方圆百里内的文化屯,人人接受的却是一个富农分子传授的文化,这对于全屯的贫下中农来说,也未免太不光彩了呀!非但不光彩,简直是奇耻大辱!再说,全屯人养活赵家父女俩,乃是心甘情愿的。他们并不认为这就等于赵家变相地剥削了他们。为了使他们的子子孙孙都能够成为识文断字的人,莫说赵家只有父女俩,就是七八口一大家子,他们也肯养活。倘若"赵先生二世"果然被划为"富农",那么今后谁来教他们的子女上学念书呢?总不能让一个"富农"分子继续给全屯的孩子们当先生吧?

当天晚上,全屯推举了几名能说会道的人,来到李大娘家,要代表全屯人,跟吴部长交涉交涉。

吴部长的态度很坚决,使这几个人扫兴而去。他们去了后,吴部长独自一想,不行,看来工作还需进一步做得细致些。她认为,自己是把全屯人的觉悟估计得过高了。原来,他们的觉悟并没多高。他们受了变相的剥削,竟没有一点起码的意识。她很有必要好好启发启发他们的觉悟。她打定主意,第二天召开一个全屯大会。并立刻找出笔记本,认认真真地思考起第二天的演说提纲来。

第二天，吴部长的演说很成功。全屯大会，也似乎收到了预期的效果。全屯人在吴部长的启发之下，都不得不承认，他们是受了赵家两代的变相剥削。他们都因为过去并没有意识到自己受了变相的剥削，而感到万分羞愧。

在吴部长的演说结束前，会场混乱了一阵。因为，人们分明听到了从赵家传来的婉姐儿号啕大哭的声音。

"赵先生二世"就在全屯人开会时，用一根麻绳上吊了。上吊前，头上罩了一块白布，大约是想以此方式表明自己是个一清二白的人。

"赵先生二世"，不，"富农"分子赵悦白，被沿江屯的人们草草埋在了沿江屯的坟丘地。他的坟，远离沿江屯死者们的坟，和"赵先生一世"的坟并埋。"赵先生一世"的坟，在沿江屯的坟丘地中，占据着好风水，周围几株大树环抱，遮雨挡风，是唯一的石砌坟，可算得上是沿江屯的厚葬了。沿江屯的今人们，受了吴部长的启迪，政治觉悟有了提高之后，认识到他们的前辈人对"赵先生一世"的厚葬，按照今天的阶级观点来看，是太有点那个了。他们替前辈人们感到羞愧。但又不能把"赵先生一世"的坟给平了，因为那也就同时亵渎了他们的先人们。如今，将两代"赵先生"的坟并埋在一起，虽然"赵先生二世"无形之中也占据了好风水，但"富农"的成分，毕竟等于同时划到了"赵先生一世"头上。沿江屯的人们心理上多少替他们的先人们感到了一点轻松——总不能让"赵先生一世"白白"变相剥削"了他们的前辈人，而丝毫不受声誉上的谴责啊！

吴部长站在村口，远远望着人们埋葬"富农"分子赵悦白，远远望着人们陆续散去之后，婉姐儿扑在亲爹的坟头，哭得死去活来。她心中很不是滋味。她隐隐感到良心受着一种谴责。她既可怜婉姐儿，又可怜自己。可怜自己不得不做一件违心事——婉姐儿今后的命运，可想而知的命运,是毁在了她的手里。

她心里却又是那么喜爱婉姐儿啊!

她回到李大娘家,匆匆收拾了自己的东西,没跟沿江屯的任何一个人告别,怀着一种悲凉的心情,回到县里去了……

吴部长就这么一走,给沿江屯的人们留下了许多不明不白的状况。大人们,不明白他们究竟应该怎样对待婉姐儿。果然拿她当一个"富农"的女儿去对待,他们觉得很不忍心,毕竟才是一个半大姑娘呀!而且,又处在了孑然一身、无依无靠的地步。再说,无论如何,她也还是一个"闯关东"的山东人的后代。吴部长虽然并不重视这一点,但沿江屯的人们可非常重视这一点。孩子们,则比大人们的头脑简单多了,他们不明白的只有一桩,那便是,今后他们还可以不可以跟婉姐儿在一块儿玩了……

婉姐儿从爹的坟前一路哭回家中,看见被自己扒塌的窗台,想到前些天自己和吴部长的种种姊妹亲情,如今云消烟灭,仿佛残梦。自己相依为命的老爹,又正是怀着对那位"姐姐"的满腔怨恨寻了短见,一颗少女的心,宛似碎镜,再不能照出一个完整而美好的世界来了。绝望之极,也想到了一个"死"字。她一边哭,一边寻找到了一条麻绳,正是从爹脖子上解下来的那条麻绳,搬个凳子踩着,就往门楣上拴。

"婉姐儿!你干什么?!"一声断喝,吓得她几乎从凳子上跌下去。扭头看时,是李大娘。

"你给我从凳子上下来!"李大娘又对她喝了一声。

不知为什么,婉姐儿极顺从地听了李大娘的话。

李大娘一把从她手中夺下绳子,扔在地上,将她紧紧搂在怀中,说:"婉姐儿,婉姐儿,你可吓死大娘了!幸亏大娘早来一步,要不,你那小命也随你爹去了!你给大娘做个保证,今后再也不敢有这念头!"

婉姐儿在李大娘怀中呜呜地哭成了个泪人儿。

李大娘又说:"婉姐儿,人总有一死,你爹不过是比旁人先走了一步,你哭也不能将他哭活转来。你听大娘我对你讲一番话,是大娘我将你接生下来的,大娘看着你长到十四岁,除了你爹,全屯再没一个人比得上大娘我更喜爱你。大娘这一辈子就盼着得个闺女,可偏偏没个闺女,你若是瞧得起我,你现在叫我一声娘,我认了你这闺女,今天就将你领回家去,跟大娘我一块儿生活。婉姐儿,婉姐儿,你听明白了吗?"

婉姐儿使劲咬着嘴唇,止住哭声,仰起脸,清清楚楚地叫了一声:"娘!"

这一声"娘",把李大娘的老泪也叫了出来。她攥着袖头拭拭眼角,握住婉姐儿的一只手,说:"走,跟娘回家去!"

沿江屯的几位老人出面主张,暂且将赵家的房产封了,留待婉姐儿长成人后,能够独自立户过日子了,再还给她。他们说,事不能做绝了。就算两世"赵先生"都"变相剥削"了沿江屯的每一户人家吧,那也和婉姐儿毫无干系。咱们沿江屯不能像别的村别的屯,当年斗争地主、富农似的,分了她的家!那么做,可就太不仁义了!

沿江屯的人们,普遍都很赞同这几位老人的话。有几户想乘人之危的人家,暗中垂涎赵家的三间宽敞的房子,但怕引起众怒,于己不利,不敢公开表露什么。心怀叵测的人,哪儿都有,沿江屯也不例外。

两月后,这一场由"阶级成分复查工作"引起的风波,渐渐平息。除了婉姐儿的心仍浸泡在悲哀之中,沿江屯的人们,都恢复了以往恬淡的生活心境。

生活就像一支化学试管,里面盛着各种化学元素,一旦受到意外的摇动,便会发生不寻常的,有时甚至是很剧烈的化学作用,引起连锁反应。

谁也不曾料到,一波刚平,又起一波,沿江屯出了个小伙子,扬言要替婉姐儿抱打不平!

这小伙子不是别人,正是李大娘的小儿子李占元。抗美援朝那一年,十八岁的李占元,胸前戴着大红花,被沿江屯的人们送过松花江,参加了志愿军。四年来,他年年立战功,年年有立功喜报,县里的干部们敲锣打鼓地把喜报送到家中。他人虽还在保家卫国的战场上,名字却成了沿江屯的骄傲。不,甚至也成了全县人的骄傲。连县长每年在新年联欢会祝词中,也忘不了提到——向志愿军战斗英雄李占元致敬!

一天傍晚,几个在屯外玩耍的孩子,望见一个步伐矫健的人身背行装,顺着江边小路朝屯中走来。一个眼尖的孩子忽然认出那人,叫起来:"占元叔!那是占元叔叔!"其余的孩子,有的兴奋地朝他奔过去,有的边喊边往屯子里跑:"占元叔回来啰!占元叔叔回来啰!"

孩子们的喊声使沿江屯骚动起来,刚刚放下饭碗的大人们,纷纷跨出了家门。使全屯人感到光荣的战斗英雄,在一群孩子的前呼后拥下,刚进屯,立刻又被大人们包围住。那问长问短的亲热劲儿,打内心里产生的崇敬态度,不必形容。

李大娘正在家中闲坐,听到孩子们的呼喊声,就问婉姐儿:"外边孩子们喊什么呢?我怎么听着好像是喊你占元哥回来了?"

刷碗洗筷的婉姐儿,说一句:"娘,我出去看看。"撩起围裙擦着手,就往外跑。她刚站到院子里,那英雄人物已在大人孩子们的簇拥之下,如众星捧月似的,大步走进了院子。婉姐儿一眼瞧见他,那颗少女的心不知为什么就怦怦跳起来。她反身入屋,告诉李大娘:"娘,占元哥回来了!"说罢,就躲进了自己住的那屋。

李大娘听说是朝思暮想的儿子回来了,转身就朝屋外走。李占元却已经出现在了门口,激动地叫了一声:"娘!"

李大娘惊喜地瞅了儿子片刻,脸上泛起了笑容,眼中盈满了泪水。儿子回来得太突然了,她简直怀疑自己是想儿子想痴了,在大白天做梦。

成了英雄人物的儿子,搀着自己的老娘走到炕前,扶娘坐在炕沿上,放下行装,笑微微地说:"娘,我们志愿军和朝鲜人民军一道,将美军打过了三八线,朝鲜战争结束了,我也复员了,今后再也不离开你了,侍候你老人家一辈子!"

李大娘这时才注意到,儿子从朝鲜战场带回了两种极不寻常的东西——胸前的几枚勋章和左脸腮上的一道伤疤。那伤疤愈合得不好,从嘴角直到耳边,使儿子那张脸一半英俊,一半丑陋;一半熟悉,一半陌生。

"你的脸……"当娘的吃惊地瞧着儿子那可怕的面庞。

"让敌人的刺刀挑的。不过我没让他占便宜,用手榴弹砸碎了他的脑袋!"儿子轻描淡写地说。

当娘的立起身,发现儿子比离家时高大了许多。她双手将儿子从前到后,从上到下摸个遍,肯定儿子的胳膊腿都还在,是真的,不是假的,这才暗暗舒口气,放心地坐下,喃喃地说:"仗打完了,你终于回来了,这就好,这就好。昨夜里,我还梦见你负了重伤……"说着,就撩起衣襟拭眼睛。

跟进屋内的人中,有一个开口道:"占元当英雄了,你应该高兴才是呀!"

李大娘连声答道:"高兴,高兴!"

111

又有一个开口道:"快给占元做顿饭吃吧,他兴许早饿了哩!"

第三个人紧接着对众人说:"大家都回去吧,咱们占元刚回来,让他好好歇息歇息!"

一句"咱们占元",使保家卫国的战斗英雄心里感到热乎乎的。众人散去之后,他对娘说:"娘,给我做顿面条吃吧,整整四年没吃娘做的面条了!"

"好,好,娘给你做顿面条吃!"当娘的连声应着,高高兴兴地做面条去了。

面条一会儿就端上了桌子,儿子津津有味地吞着,娘目不转睛地瞧着。儿子吃着吃着,忽然放下碗,侧耳聆听了一会儿,转脸问娘:"娘,是谁在那屋里哭?"

儿子这一问,李大娘想到了婉姐儿。她不禁暗暗谴责自己,真是太不该了,怎么亲生儿子一回来,就将婉姐儿冷落在那边屋里了。

她赶紧起身过去,见婉姐儿伏在炕上,咬着手背,泪水洗面,发出努力克制的低低的哭声,听了令人心碎。

这少女真是悲哀到顶点了啊!人家当了英雄的儿子复员回家了,自己这"富农"的女儿,今后有何脸面还生活在这英雄之家呀!主动离开李家,自己今后又如何生活呢?受人欺负时,谁会来保护自己呢?厚着脸面继续住下去,就算李大娘仍能把自己当闺女看待,占元哥又会如何对待自己呢?寄人篱下,倘再受人冷眼,招人嫌弃,那倒还莫如两个月前跟爹一块儿去了好,一了百了……

李大娘轻轻拍着婉姐儿的身子,被她哭得心酸地说:"婉姐儿,你咋又哭了?快起来,擦了泪。你快去见过你占元哥呀!"婉姐儿勉强止住哭,默默无言地坐起了身。李大娘怜悯地抓过她的一只手,见她那细嫩的手背上,已被咬出了两排深深的紫色的牙印。"婉姐儿?……"

占元也跟在李大娘身后走了过来。他认出了婉姐儿，一脚门里，一脚门外，一时愣在了那儿，瞅瞅娘，一副大惑不解的样子。婉姐儿低垂下了头，扭过身子，没勇气望他一眼。在这位获得了无比荣光、人人敬仰的英雄面前，她自卑得无地自容。占元抽出跨入屋内的那只脚，在门外低低唤了他娘一声。李大娘瞧着婉姐儿长长叹了口气，走出屋，将儿子从门外拉开几步，将沿江屯两月前发生的事告诉了儿子，之后说:"婉姐儿今后就是你的妹妹，我是拿她当亲闺女一样看待的，你今后也要拿她当亲妹妹一样看待！你若轻视她，我就不依你！"

占元听罢，说:"娘，我是赵先生的学生，婉姐儿本来就是我的师妹，我哪能轻蔑她呢！"他用手指轻轻摸着脸上那道伤疤，沉吟半天，又开口说:"不过，这件事肯定是弄错了。娘，我还没来得及告诉你，我分到县委工作了。而且，我认识吴部长。明天，我就到县里去找吴部长，我相信她会将这件事纠正过来的。"

听儿子的话说得那么自信，当娘的眯起眼睛，对儿子刮目相看起来。"你……你咋会认识人家吴部长呢？"当娘的心里还是多少有些怀疑。"娘，你忘了？我参军前，不是在县委宣传部帮助工作过几天吗？"儿子微微一笑。

当娘的猛然拍了一下双手，她想起来了。她不但想起儿子参军前的确是在县委宣传部帮助工作过一阵子，还同时想起，儿子那时一回到家中，张口闭口，总把吴部长挂在嘴上，对吴部长崇拜得五体投地。

"婉姐儿！婉姐儿！"李大娘叫着婉姐儿，疾风似的又奔进婉姐儿的屋，将婉姐儿扯出来，拉到儿子跟前，几乎是欢天喜地般说:"婉姐儿，婉姐儿，这下可就好了！你占元哥他认得吴部长。而且，他又分在了县里工作，他明天就到县里去，叫吴部长把你的成分改过来！"

婉姐儿缓缓抬起头，瞪大一双痴呆呆的泪眼，定定地瞅着占元，仿佛在无声地问:"占元哥,真的吗?你不是在骗我吧?"

"婉姐儿,你放心,这件事包在我身上了。"李占元胸有成竹地说。说罢,转过了脸。眼前这个哀容切切的婉姐儿,跟四年前他离开沿江屯时,留在印象中的那个妩媚快乐的婉姐儿相比,简直判若两人。他不忍心看她,心中暗想:如果他李占元当时在沿江屯,是绝不允许沿江屯发生这种荒唐事的。

婉姐儿终于开口说话了:"占元哥,你要是能……我要一辈子给你和大娘做牛做马……"说着,就想跪下去。

"我的闺女!你又来这模样了!你这不是要折磨我的心吗?"李大娘双手捧住她的脸,大动感情地说:"再也不许你说那做牛做马的话!……只可怜你爹,一时想不开,要是你占元哥早回来两个月,这件事儿哪会发生啊!"

"娘,别说了……"娘提到他的先生,李占元挺难过。

他看了婉姐儿一眼,大步走出了家门。他不知不觉地走到了赵家,站在赵家小院里,望着门上的封条,油然产生一股悼念之情。他是"赵先生二世"最得意的门生,虽然也挨过手板,但次数不多。

在朝鲜战场上,他不唯是战斗英雄,而且是《志愿军》报的战地通讯员。他写的几篇战地通讯,在《志愿军》报发表后,曾引起强烈的反响。

有一次,师政委到战壕中视察,问道:"谁叫李占元?"

"我!"他随声站起。

政委走到他跟前,上下打量着他,又问:"你是文科大学毕业生?"

他摇摇头,惭愧地回答:"不是……"

"高中毕业生?"

"也不是……"

"那么,你是什么文化水平?"政委有些迷惑。

他犹豫了一下,低声回答:"就算……小学吧,政委,我才读过五年书。"

"五年?"政委不相信地摇摇头:"你骗我?小学五年的文化水平,能写你那么一手好文章?"

他急了,涨红了脸,解释道:"真的,政委。我们屯子里的赵先生,可有文才啦!我是他的学生……"

政委沉吟片刻,郑重地对他说:"李占元,你要是给这位赵先生写信,别忘了给我带上一句话,我谢谢他,谢谢他教会你写出一手好文章!你以奋勇杀敌的英雄本色成为我师战士的榜样,你写的战地通讯也同样激发了志愿军战士的英雄气概。这其中也有你那赵先生的一份功绩!"

他真后悔,这封信没写……

院子里,扫帚梅和指甲花开败了,几只蝴蝶恋着已来不及开的花蕾绕来飞去。梨树该打尖了。栽在篱笆下的一垅大葱分明是长空了……

婉姐儿扒塌的窗台已砌好了。窗纸被刮破了几处。他走到窗前,从破洞往屋里看了一会儿,屋里一切如故。"赵先生二世"书写大楷的那只毛笔,依然插在剥了漆的桌子上的瓷瓶里。那瓷瓶是"赵先生一世"传下来的,他打碎的。婉姐儿的爹当时心疼得直跺脚,但并没责备他。后来,是他陪着婉姐儿拿到县城锔上的……

"吴茵,吴茵,你做了件什么事啊!"他心中自言自语地说,对县委妇女工作部部长产生了一种难以原谅的怨恼情绪,也对沿江屯的人们产生了一种难以原谅的怨恼情绪。在这件事上,怎么就没一个人敢于站出来反对她呢?

那天晚上,他彻夜难眠,怎么也睡不着。月光很亮,透过窗纸,洒进一片朦朦胧胧的月辉。他坐起身,从军衣口袋里掏出一个笔记本,从笔记本的夹皮儿中,取出一张照片。那是妇女工作部部长的照片,他移近窗子,想看清一些。却看不清,只能看出照片上一个模糊的虚影。

"占元,我真想不到,你们一个小小的沿江屯,竟会冒出你这么一位土秀才。"

他参军前,在县委宣传部帮忙工作的那段时间,吴部长经常对他说这一类话。她夸奖他的毛笔字写得好。他的毛笔字的确写得好。是"赵先生二世"手把着手教他练出来的。倘不落款,和先生写的字就几乎难以区别。当她问他练的是哪派字体时,他不无自傲地回答她:"赵体。"她还向他要了一条字幅,贴在她宿舍的墙上。他记得,他给她写的是:

　　　唯有南风旧相识,
　　　径开门户又翻书。

有一次,她问他:"占元,你想不想留在县委?你若想,我替你去跟县长说说,准会同意。"

他摇了摇头,他不是不想留在县委工作,他是不敢产生这样的奢望,觉得产生这样的奢望太不知天高地厚了。何况,他当时猜不透她是不是在揶揄他。因为,她跟他接触时,常有意无意地显出一种居高临下的意味。包括她对他的赏识,也带有这种意味。她使他感到可敬而又不敢亲近,可信而又难以完全相信。

他是在县委直接报名参的军,事先并没有对她说。他的名字被写在大红纸上贴出来时,她才知道。她找了个借口,把他带到她的宿舍,问:"你就要离开我了,怎么都不告诉我一声?"

"我……"他不知如何回答才好。他事先曾想告诉她的,又怕显得唐突,怕她会多想:你参不参军,告诉我干什么?我又不是你什么人。

她见他没回答,默默地望了他一会儿,低声说:"今晚,我要亲自给你做顿饭,为你饯行!"只是在那一时刻,她那种居高临下的傲气才没有了,更多地流露了女性的柔情。

他没拒绝她的好意,确切地说,是没敢拒绝她的好意,怕她生气。他觉得自己的脸,不知为何突然发起烧来。他敏锐地感到她的目光在注视他,有些惶惑地转过脸瞧别处,却在她的小圆镜里,发现了一张清秀中透露出英气的脸,他自己的脸。他长这么大,很少照镜子。那一天,他才知道,自己原来是一个相貌出众的小伙子。他立刻低下了头,许久没勇气再抬起来……

他立下第一次战功后,收到她的第二封来信。在这封来信里,夹着那张照片。字里行间,暗示出她对他的敬仰。署名也由第一封信的"吴茵"两个字,变成了一个笔画秀丽的"茵"字。从那封信开始,他才觉得,他和她之间,开始形成了一种平等的关系……

四年中,他们互相通了几十封信,她写给他的每一封信,他都保留着。在炮火硝烟、枪林弹雨中,出生入死,英勇杀敌,她的照片总是揣在他贴胸的内衣兜里。几十封信,使他们之间的关系,很微妙地发生了彻底的变化。她由居高临下的部长变成了一位多情女。他由一个崇拜者,而变成了一个被崇拜者。他起初并不习惯这种变化,对这种倒置的变化感到心理上很不自在。但后来,居然渐渐适应了,习惯了。正因为此,他才敢对婉姐儿胸有成竹地说:"这件事包在我身上了。"

第二天，当李占元出现在县委妇女工作部部长面前时，她由于意想不到，整颗心一下子被激动钳住了，怔怔地望着他，许久才站起，脸上焕发出光彩，两眼闪耀着喜悦。

"占元？……"她轻轻叫了一声，随后，有些慌乱地从办公桌后跨了出来。"我回来了。"李占元语调稳重地说，向她伸出一只手。她不无羞涩地握住他的手，觉得他的手特别有力。她非常惊奇地观察到，不，是感受到了他的变化。他由四年前，在她面前多少有些自卑的农村小伙子，变成了一个堂堂男子汉。包括他的语调，都体现出一个堂堂男子汉的优越的自我意识。那一时刻，她觉得自己太爱他了，觉得他脸上那道伤疤，使他显得更英俊、更威武了。盯着他胸前的四枚英雄勋章，她心中暗想："他完全配得上做我的丈夫！有这样一个丈夫，我会感到幸福的。"心中这么想，她微微抬起头仰视着他，眸子里投射出无限的柔情。若不是办公室里还有另外一个女同志，她会毫不迟疑地扑在他怀里，紧紧搂抱住他，热烈地吻他。

他却矜持地放开了她的手，看了那个女同志一眼，低声说："你要是不忙，我想跟你谈件事。"她赶紧回答："不，我不忙……"那个女同志很识趣地对他们笑笑，走出去了。他首先坐下，见她仍站着，说："你也坐嘛！"她脸一红，妩媚地朝他一笑，回到办公桌后，款款坐下，目光始终盯在他脸上。

他沉默了一会儿，问："婉姐儿家的成分，根据什么划成富农？"她想不到他问的会是这件事。由他提起这件事，她的心情立刻变得沉重起来。回到县里以后，她的心灵一直承受着对婉姐儿的负疚。这是一种无法摆脱的负疚感，无过的负疚感。她神色阴郁了。

"我……"她低下头，长长地叹了口气。

"我问你呢！"他提高了声音。

她抬起头,讷讷地说:"咱们刚见面,先别谈这件事,行吗?"几乎是在恳求。

"不,我今天就是为这件事来找你的。"他的口气很固执。她感到内心被刺伤了,有些生气地反问:"你是受人之托来说情的吧?"

他也不由得生气了,回答道:"我是来质问你的,你干的什么事!婉姐儿她父亲的死,你是有责任的。"

"我有责任?!"她霍地站了起来:"我有什么责任?!我是按照党的政策办事。赵家该定什么成分,你们沿江屯的'屯志'上写得一清二楚……"

不待她把话说完,他拧起了眉头:"别给我上政治课,我也是党员。今天,你得把赵家的成分更正过来!"

"更正?怎么更正?给赵家的成分重定个贫农?这我不能。告诉你,沿江屯的阶级成分复查材料已上报了。赵家的情况,我也向县长当面做了汇报,县长同意我的结论!"

他眯起眼睛,瞪了她半天,忽然站起来,大声说:"我找县长去,我不信县长也像你这么教条!"说罢,气咻咻地大步走了出去。

"你……"她想叫住他,却已来不及了。眼睁睁地望着他头也不回地走掉了,她不仅情感,而且连自尊心也受到了伤害,紧紧咬着嘴唇一动不动地呆坐了许久,忍不住伏在桌上低声哭了。

李占元走到县长办公室门外,犹豫了一下,轻轻敲门,听到一声"请进"后,推开门跨了进去。

县长正在和一个人谈话,抬头看见他,马上就认出了他,站起来大声说:"哎呀呀,这不是我们的英雄李占元同志回来了吗?"迎着他走过去,主动伸出了双手。握过手之后,县长请他落座。他刚坐下,县长递过了一支烟;他刚接烟在手,县长划着一根火柴,替他点着

119

了烟。

县长亲切地望着他，问："李占元同志，将你安排在县委宣传部工作，你没什么意见吧？"

他无所谓地回答："没有。我是共产党员，在什么岗位上工作，由组织决定，听党安排。"

"好，好，觉悟很高嘛！"县长满意地点点头，微笑了。

他看了一眼坐在县长对面的陌生人，说："县长，我……想同您谈一件事，不知这会儿是不是打扰您……"

县长说："不打扰，不打扰。我忘了给你介绍了，这一位是我的老战友，来看看我。我们在随便聊天，你谈吧，谈吧！"向他俯过身，显出平易近人、洗耳恭听的样子。

县长的这种态度，增强了他心中所抱着的希望。于是，他就将赵悦白的死和婉姐儿的可怜处境详详细细地述说了一遍。之后，难以控制自己内心的冲动，情不自禁地紧紧握住县长的双手，说："县长，两位赵先生毕竟使咱们一个小小的沿江屯成了个文化屯呀！说他们变相剥削了沿江屯的人，有点昧良心啊！多划一个富农，对咱们党有啥好处呢？无非是多了一个改造对象而已。赵悦白已经死了，我看婉姐儿也没什么值得要格外加以改造的……"

县长的手，慢慢从李占元的手中抽出，身子，也随之坐端正了。

"我是完全同意吴茵同志的意见的。"县长清清楚楚地说，表情渐渐严肃起来。

他极其失望地将目光从县长脸上移开，沮丧地低下了头。屋内的气氛，一时沉默起来。

"占元同志，"县长终于又开口说话了，"在这一类事情上，我们共产党人，历来是主张反对私人情感的。这是我们的党性和立场所要求的。你已经不是一个普通的共产党员了,你还是一个战斗英雄哩!不要让任何私人情感主宰了自己的头脑!……"县长分明在批评他。

"县长,我不承认我是受私人情感的驱使,才找您谈这件事的,我是想不明白,想不通!"他还企图据理力争。

"好啦,不要再谈了。你越说越不像一个共产党员应该说的话了。不要当了英雄,就骄傲自大、目中无人,以为你有资格对党的政策进行干涉了。这样发展下去,对你是危险的!明白告诉你,阶级成分复查,全县已结束,材料已报到地委去了。就算我被你说服了,赵家的成分也是不可更改的了。"县长的口气相当严厉。他知道,毫无周旋的余地了。

他默默地站起来,也没看县长一眼,耷拉着脑袋,一步一步地走了出去。好像一个在法庭上被宣判了什么罪名的人,走下被告席似的。

他失望地走到了县委大院门口。吴茵从后面赶上了他,抢前一步,拦住他的去路。

他抬起头,一言不发,眼神茫然地注视着她。

她也注视着她。他们一言不发,彼此注视了许久,各自都怀着复杂的心情,谁也不愿先开口说话。

有几个出入县委的人,奇怪地回头看他们。

"你不听我的话,碰钉子了吧?"还是她首先打破了难堪的僵局,又责备又温柔地说。他没回答,也不知应该回答什么。"你呀,还是个战斗英雄哩!那么心慈肠软的,将来在工作中,不犯右倾错误才怪呢!"他仍不回答,眼神更茫然了。她继续说:"你复员之前,你的名字就常挂在县长嘴边上了。县长是打算今后重用你的,你今天会给他留下个什么印象呢?"他还是不回答,表情呆板地站在那儿,仿佛丢失了什么宝贵的东西一样。挂在他胸前的几枚英雄勋章,在阳光的照耀下,金光闪闪。

"占元,听我的话,你今后再也不要过问这件事了吧!你想想,即使我错了,县长会跟着我错吗?县委成分复查领导小组会跟着我错吗?我知道,你对赵家父女有特殊的感情,可你也不能因这种感情就犯立场错误,就断送自己今后的政治前途呀!你我都是共产党员,我们永远都不能忘记,搞阶级斗争,是我们每一个共产党员的政治使命啊!……"她侃侃而谈地劝他,既诚恳,又耐心。像一位大姐姐在劝说任性的小弟弟。她这种态度表明,她并没有因为他刚才对她的刺伤而耿耿于怀,不肯原谅他。

然而,他却分明是不肯原谅她的。她对他说了那么多话,她看出他一句都没有听进心里去,无可奈何地叹了口气。"我是把话说透了,听不听,随你的便吧!"她怨恨地瞪了他一眼,一扬头,快步走了……沿江屯的英雄李占元沮丧地回到了家中。李大娘一见儿子的面,开口就问:"占元啊,那事儿你办得咋样?"婉姐儿在一旁用殷切的目光瞧着他,期待着他的回答。他辜负重托地看了那少女一眼,闷声不响地仰面朝天,往炕上一躺,一只手习惯地摆弄着胸前的勋章。李大娘和婉姐儿心中明白了。婉姐儿轻声对李大娘说:"别再问占元哥了,他一定是为我受了不少责难。只要您和占元哥不嫌弃我的成分,容我和你们一块儿过,我认命了……"她说着,落下成串成串的泪。李大娘叹口气,摇了摇头,想安慰婉姐儿几句,却找不到一句能使她真正感到安慰的话。

婉姐儿噙着泪,转身走到厨房去了。虽然,他没为她办成那件事,她心中还是对他充满了感激之情。她猜他一定饿了,她要给他擀一张油饼吃,擀得薄薄的……

李占元一动不动地躺着,头脑中还在苦苦思索,思索县长对他说的话,也思索吴茵对他说的话。 他不能不承认,县长和县委妇女工作部部长对沿江屯发生的这件事,认识比他高明,比他深刻。 他也不能不承认,县长对他的严肃批评,吴茵对他的谆谆劝导,都是为他好,实心实意地为他好。 县长是出于对他这位给本县带来光荣的英雄的爱护。 而吴茵则不仅仅是出于对他政治上的爱护了,还出于对他这位英雄的爱慕之情。 她是一个爱英雄的女人。 他完全相信,她对他的爱情是不掺假的。

他百思不得其解的只有一点,在一个小小的沿江屯重划出一个"富农"来,为什么竟使县长和吴茵觉得,好像是为党做了一桩了不起的工作,立了一大功似的。 这并非他的想象,而是从他们的话语中体味到的。 可是,这样做究竟对于沿江屯的人们、对于党有些什么实际的好处呢? 不就是少了一个"赵先生",多了一个"富农"的女儿吗? 倘若反过来,多一个"赵先生",少一个"富农"的女儿,生活不是会更美好一些吗? 他觉得这件事真是既严肃又荒唐。 因为,严肃的县长和严肃的吴茵同志,认为这是一件很严肃的事,所以才显得很荒唐。 年轻人那种不太可爱的固执,和有了文化的农民那种较可爱的独立思考,在他身上同时起了作用。 可怜的婉姐儿就和他生活在同一个屯子里、同一个屋顶下,他不能做到眼不见心不烦。 他暗下决心,非求得个令他心服的黑白曲直不可……

他还要去找地委。

三

几天后,沿江屯的英雄人物出现在地委大院时,没穿他那身复员军人的军装。 当然,胸前更没戴那几枚英雄勋章。 他穿的是一套半新不旧的便服,四年前的衣服,如今穿在身上,显得瘦小,使他那样子挺古怪。强壮的身体将衣服撑得紧绷绷的,好像他是穿着一套孩子的衣服,忽然长成了一个大人似的。他有意不穿军装。被县长当面严肃地批评了一通,他总结了一次教训——这件事也许不适合以一位战斗英雄的身份出头露面去办,否则,可能所有接待他的人,都会对他说一番县长和吴茵说过的话。

既然穿着一身农民的服装,人家也就把他视为一个普通农民。他经人指点,走进了地委群众来访接待办公室。

在他之前,有三个来访者,两男一女,两个男的也是农民,那女的一看便知是县城里的人,他们都坐在同一条长凳上。他推门进去时,他们的目光一齐投射在他身上。他们那种猜测的目光使他多少感到有点不自在。那女的比他大不了几岁。她往两个男的那边挤了挤,给他让出勉强能坐下的地方。他犹豫一下,默默坐下了。

一会儿,接待员来了,是个四十多岁的知识分子模样的人。那两个男的,一个是村干部,老婆死了,想要续娶本村地主的小老婆,群众反对,县里不批准,于是就找到地委来了。

接待员问:"你们村上再也没有可以娶的女人了吗?"

"有,有啊!"他赶快回答,"大姑娘小寡妇,有几个呢?"

"那你为什么非要娶一个地主的小老婆?"

"那地主死了,她也想改嫁呀!"

"她改不改嫁,那是她的自由。可你不能忘记,你是一个村干部。你娶什么样的女人当老婆,在群众中是会造成影响的。"

接待员对这个二茬子光棍并不表示同情,认为群众反对得很有道理,县里不批准也做得正确,三言两语,冷冷淡淡地就将二茬子光棍打发走了。

那另一个男人，是因为经常虐待老婆，村上的人要开他的批判会。他不服气，找到县里，县里的答复是，他们村上开完他的批判会，县里还要开他的批判会，拿他当一个全县压迫妇女的反面典型。

"同志，我今后再不打老婆了还不行吗？县里要是也开我的批判会，我还怎么有脸活呀？只在村里批判我还不行吗？我保证，我改……"他那样子虔诚之至。

接待员笑笑，也不回答他，抓起电话，和县委通了一次话。放下电话后，对他说："好啦，县里不会再开你的批判会了。不过，你如果再犯一次打老婆的错误，我可不愿替你说情了。"

那打老婆的，千恩万谢地退出去了。

那女人，则是个挨打的老婆。而且，还是个包办婚姻的牺牲者。她说什么也不愿再跟丈夫过下去了，她要离婚。但她的丈夫在县委有个什么靠山，使她的目的不能达到。

"离不了，我就死……"那女人泣不成声。"你不要哭，我给你做主。"接待员拿起笔，在办公纸上写了几行字，递给了她。"同志，你可是我的再生父母啊！"女人接过那张纸，也千恩万谢地离去了。接待员点着一支烟，吸了两口，看着沿江屯的英雄，问："你有什么事？坐前边来谈吧！"

这位接待员处理各种事情的权力，使沿江屯的英雄人物肃然起敬。他思忖，只要能引起对方的同情，对方一个电话，或者一张写上几行字的地委办公纸，婉姐儿的命运就会得到改变。所以，当他坐到办公桌前的椅子上后，不禁对接待员产生了一种又敬又畏的心理。他将话说得很慢，每一句话都经过一番深思熟虑，唯恐哪一句话说得不恰当，使这位接待员听了不快。

他说完，出了一头汗，好像卸下了什么重负似的，心里倏然感到一阵轻松。

接待员将烟蒂按灭在烟灰缸里,盯住他的脸,沉吟了半晌,不动声色地问:"如果我没理解错的话,你来的目的,是要给一户富农改成分?"

"不,不是……"他连连摇头,解释道:"赵家根本就不应该被重划为富农!"

"那么,你们那'屯志'上关于赵家的记载,是胡编的喽?"

"不,不是胡编的,那倒都是真真实实的……"

"既然都是真实的,那不就是划分农村阶级成分的根据么?我看给赵家定个富农,并不错。"

"这……"他理屈词穷。

"你和赵家是什么关系?"接待员直截了当地问。

"我……和赵家没什么特殊的关系……"

"那么,赵悦白的女儿,为什么偏偏住到了你家,而不住在别的人家呢?"

他对这个问题毫无思想准备,张了张嘴,说不出话来。

接待员又问:"赵悦白的女儿多大年纪了?"

他低声回答:"她才十四。"觉得有些希望似的。

"你呢?你多大年纪?"

"我……二十二岁……"

接待员进一步问:"那么,你跟她又是什么关系呢?"

"谁?……"他一时没听明白对方的话。

"我问的是,你跟赵悦白的女儿究竟是一种什么关系?"对方始终保持着一种严肃的平静。

他感到受了不可忍受的侮辱,一下子站了起来,大声反问:"你问这个，有什么必要？"

对方回答："因为我无法理解，一个贫农，替一个富农到地委来申辩，究竟是出于什么动机？"

他不是傻瓜，他看出来了，对方从一开始弄明白他到此来的目的，就用与刚才全然不同的态度和眼光来看待他了，简直判若两人了，对他丝毫没有理解、同情和宽容。

在对方眼中，他分明是和那个要娶地主小老婆的二苍子光棍是同一路货。不，分明把他想得比那个二苍子光棍村干部还要坏。幸亏他没穿军装，没挂着那几枚英雄勋章。要不然，对方可能会说出令他更无法忍受的话。

他因此而愤怒了："你胡说八道！"他拍了一下桌子，忘记了自己是在地委接待室里。

对方厉声喝道："不许拍桌子！"

他更被惹恼了。积压在他心中的火气，此刻，无法遏制地彻底爆发了。他又拍了一下桌子，拍得比第一次更响。"你敢再说一句侮辱我的话，我揍你！"真是所谓英雄气盛。他觉得说出这话，还不够解气，顺手抓起办公桌上的墨水瓶，朝墙上摔去。墨水瓶碎了，雪白的墙壁上绽开了一朵蓝色的"菊花"。

"哼！你这里讲不通，我到省里！"他转身就走。走出去时，砰的一声使劲摔上了门。哗啦，一块门玻璃被震落。接待员吃惊得目瞪口呆。

他还没有走出地委大院，就被门卫拦住了。接着，就有大约一个班的人列队朝他跑过来。那些人是地委机关警卫人员。他们不由分说，朝后拧过他的胳膊，将他押到一间空屋子里，关了起来。听见他们在门外上了锁，他急了，冲到窗前，大喊大叫："你们放我出去！你们没有这个权力！"

"别吵闹，否则对你不客气！"他们中的一个，隔着窗子警告他。并且，在其余人离开后，仍留在门外监视他在屋里的动静。

他明白，他是被禁闭起来了。却不知道，他所放肆冒犯的，不是一位普通的地委机关工作人员，而是地委书记本人。地委书记每个星期总要抽出一天时间亲自做接待工作。这一天叫他碰上了。

第二天下午，县委的小汽车开进了地委大院，县长跳下车，匆匆走进了地委书记的办公室。一个多小时后，他从那间空屋子里被放了出来。一出来，就见县长站在面前。

他羞愧难当，脖子和脸红得发紫。他委屈地嘟嘟哝哝说了几句什么，却连他自己也不清楚说的是什么。"李占元，跟我走吧！"县长说罢，拔腿先走，走到吉普车前，也没回头看他一眼，就钻进了车里。他慢慢腾腾地垂着头也走到了吉普车前，开了一下车门，没开开，只好呆呆地站在车门旁。坐在车内的县长，一动不动，根本不理睬他。司机看不过去了，从驾驶室里探出身来给他开了车门。吉普车一路飞快地从地委大院开出，直接开进了县委大院。路上，县长也没跟他说一句话。他偷眼瞥了县长几次，县长一脸愠怒。县长跳下车，大步走进了自己的办公室，好像车上就没他这么个人似的。他仍呆坐在车上，静待发落。一会儿，县长的秘书走到车前，打开车门对他说："李占元，县长叫你。"他跳下车，跟在秘书身后，走进了县长办公室。

刚一走进去，就被县长劈头盖脸大声训斥起来。

"李占元，你也太过分了，居然敢闹到地委去！而且，在地委书记面前替富农百般说情、辩护，告县委的黑状！你以为你当了英雄，就可以不把任何一级党政机关放在眼里了？！难道在赵家的成分问题上，吴茵同志错了，我这个县长也错了，整个县委成分复查工作领导小组通盘错了,连地委书记也错了,就你李占元一个正确吗?!你简直……简直岂有此理!要不是看你曾是个战斗英雄,就你侮辱地委书记、大闹地委办公室这一条,足以开除你的党籍了!闹到了那种地步,我看你还能不能再以英雄人物自居!……"

他紧紧咬着嘴唇,不反驳,不辩解,耷拉着脑袋,听凭县长训斥。县长对他训斥够了,倒了一杯开水,坐在自己的办公椅上,一边吹,一边喝起来。喝完那杯水,看了他一眼,说:"你可以回去了!"他一言不发地转过身,朝门外走去。刚走到门口,被县长叫住了:"你不必到县委来报到了,县委不需要你这样的干部!这不是我个人的决定,地委书记也是这个意思。"他怔愣片刻,轻轻推开了门……他走出县长办公室,见吴茵站在外面。她低声说:"你先别走,等我一会儿,我替你跟县长说说情。"

说完,就进了县长办公室。他没等她,一分钟都没等……这一切,李大娘和婉姐儿是全然不知的。她们还以为他到县委工作去了呢。所以,当他回到家中,她们并没询问他什么。他也不想主动告诉他们什么。吃过晚饭,他独自走到了松花江边上,在江边一直坐到深夜……

第二天早饭后,他收拾了一阵农具,对娘说:"娘,我下地干活去了。"当娘的奇怪地问:"咦?你不是该到县委去工作吗?婉姐还说,她要天天摆渡你过江呢!"当儿子的不禁苦笑了一下,说:"我不想到县里去工作,我还是愿意在家里种地!"当娘的急了,说:"那怎么行,你这不是不识抬举吗?""娘,我自己的事儿,我自己拿主意,你就别多管了!"当儿子的扛上锄头,走出了院子。

世上没有传不开的事,几天后,沿江屯的人们就差不多全知道了。李占元为赵家的事大闹地委,县委将他除名了。言传总是夸大事实本身，有人还说，他那几枚勋章也被县委没收了。英雄的勋章既然被没收了，那么也就证明县委不再将他当一名英雄人物看待了。既然县委都不那么看待他了，我们干吗还格外崇敬一个后生小子呢？参加志愿军的多了，立过战功、得过勋章的也多了，何况，还有无数人把性命都牺牲了呢！这么比起来，李家的小子也没啥了不起的！再说他也太猖狂得没边了，为了个婉姐儿，敢闹地委。好像咱们沿江屯的人都是胆小怕事，就他一个人有正义感似的。他为更改赵家的成分，这么跑前跑后的，连英雄人物的体统也丢了，八成真的是因为对婉姐儿有了什么企图吧？

庄户人们的联想有时也是很丰富的。沿江屯的某些大人们，对他们一开始表示崇敬的英雄人物，不那么处处待之以礼了。有的甚至颇觉幸灾乐祸——崇敬其实是一种心理义务，崇敬者常常是以解除这种义务为一快事的。只有孩子们因不再看到他们的占元叔叔穿军装，不再看到他胸前挂着那几枚令他们羡慕的英雄勋章而非常遗憾。

李大娘和婉姐儿也终于知道，他落到了怎样的田地。当娘的什么都不说，什么都不问，她心里一清二楚，表面装糊涂，保持着做母亲的尊严，保持着可贵的缄默。这使当儿子的能在某些幸灾乐祸者面前，内心具备足够的刚勇。

婉姐儿则做不到像李大娘那么泰然处之，她暗暗哭了好几次。不是为自己的命运而哭，是为被自己的命运牵连的占元哥而哭，她深感自己罪孽深重。这十四岁的少女的内心世界，由于命运的转折，发生了超阶段的变化。罪孽感一旦深入少女的心灵，有时会使一个少女变得像一个走过漫长人生道路、历经坎坷的女性，成熟便迅速取代了天真烂漫。

一天，丧失了荣耀的年轻人又独自来到江边，凝望着被晚霞烧红的江波,沉思默想着自己今后缺乏憧憬的人生道路,内心不由产生了一种惆怅,一种伤感,一种幽情苦绪。忽然,听到婉姐儿在背后轻轻叫他。

他回过头,见她在郁郁地望着他,那双大眼睛里闪烁着一种他从未见过的奇异的光彩。

他问:"婉姐儿,你到这里来干什么?"

婉姐儿低声说:"找你。"

"找我?家里有事吗?"

她摇摇头,咬着下唇,目光盯着他的脸不移开。

见她这副神态,他想:她那心里一定比我更郁闷啊!于是,他亲近地对她说:"过来,坐在我身边。"

她默默地走到他身边,紧挨着他坐下了。他感觉到了她的身子在微微颤抖,感觉到了她的呼吸很急促,似乎也感觉到了她的心在怦怦激跳。他侧转身,关怀地问:"婉姐儿,你怎么了?你生病了?"说着,伸过一只手,想摸摸她的额头是不是发烧。婉姐儿却突然张开双臂扑向他,紧紧搂住他的脖子,同时将脸埋藏在他怀里。他怔住了。她喃喃地说:"占元哥,你将来……就娶了我吧!你要是果真不嫌弃我的成分,就让我将来做了你媳妇!你今天就对我立下个誓言……"

他听清了她说的每一个字,可是,好像并没有听明白。他一动也不动,就那么任凭婉姐儿搂住他的脖子,就那么任凭婉姐儿的脸紧紧贴在他胸上。

一会儿,婉姐儿缓缓仰起脸,搂住他脖子的手臂仍不放开,瞪大眼睛看着他,问:"你不喜欢我?"

他慢慢分开她的手臂,握住她的双手,盯着她的眸子,摇了摇头:"可你还是个孩子呀!"

"我说的是将来,再过三年四年后,我就可以嫁人了。"

"即使到那时,我也还是比你大八岁呀!"

"那有什么!咱们屯还有比媳妇大十几岁的丈夫呢!"

"可你现在毕竟还是个孩子呀!你现在说的话,是做不了你将来的主的。再说,将来我也不能娶你,只能把你当妹妹看。我若娶了你,屯里的人该怎么议论呢?"

她从他手中抽出了自己的双手。她呆愣了一会儿,一下子捂住脸哭了,哭得很悲哀。

"婉姐儿,婉姐儿,你不要哭……"他手足无措,不知该如何劝止她。

她边哭边说:"你为我……丢了那么宝贵的荣誉,我一辈子也无法回报你了……除非给你做了媳妇,我才心安……你却不相信我的话……也明明是和别人一样,心里再看不起我了……除了你,将来谁还能娶我这富农的女儿呢?就是有人娶了我,哪能像你一样保护我,对我好……"

听她说出这样大人心思的话,他对她怜悯极了,被她感动了。他心中倏然涌起了一股男子汉的柔情。他信誓旦旦地说:"婉姐儿,婉姐儿,我不是不喜欢你,也不是嫌弃你!如果你今天的话能做得了你将来的主,你就听我对你发个誓,我李占元将来娶的要不是婉姐儿,是别人,就遭天打五雷轰……"

她赶紧用一只手捂住了他的嘴,瞅着他,渐渐笑了。那是一个少女内心对将来感到踏实,感到有了希望和寄托的幸福的笑容,纯洁无邪的笑容。

她又倒在他怀里,仰视着他,一根手指轻轻抚摸着他脸颊上那道伤疤,喃喃地说:"占元哥,我将来一定做你的好媳妇!你要是喜欢男孩，我就给你生个大胖小子；你要是喜欢女孩呢，我就给你生个好看的闺女！占元哥，咱们别管旁人会怎么议论吧！咱们和和睦睦地过日子。只要自己觉得是幸福的，咱们就是幸福的了……"

他低下头，瞧着她那张俊俏的脸，心中暗说：命运，命运，这都是命运的过错啊！使原先那么单纯的少女，太早地想到了要给人做媳妇，这真叫人难过啊！同时，他想到了他和吴茵的关系。他内心感到一种遗憾，一种悲凉，一种难言的苦涩……

婉姐儿的手臂垂落下去，她竟疲倦地在他怀中睡着了。俊俏的脸上，仍保持着动人的微笑……

丢失了荣誉的英雄人物，一度成为沿江屯的人们背地里流短蜚长的话题之后，渐渐也就失去了全部新闻色彩。对于李家收容婉姐儿这件事，人们也不再进行种种兴趣浓厚的推测和猜疑了。庄户人们胡思乱想的精力是有限的，而且，绝不肯长久地集中在一件事上。

这对于李家母子和婉姐儿倒是有益的，他们的内心可以不必承受那么多的外界压力了。他们可以像旁人一样，默默地平和地过他们自己的日子了。

吴茵给李占元来过一封信，叫他写一份深刻的检讨寄给她，由她转给县长。她要替他央求县长，请县长将他的检讨转给地委书记。她认为，他如果能听从她的话，还是有希望再回到县委工作的。并且，她在信中向他表示，她仍爱着他。

他犹豫了几天，给她回了一封信，告诉她，他根本就不想到县委去工作，他认为自己没有在县委工作的水平，只想当一辈子农民。他将她那张照片也随信寄还给她了。他在信中声明，他觉得自己配不上她，希望她不要再给他写信，今后另择伴侣，并祝她爱情美满，生活幸福……

不久，他便听说，她主动要求调到另一个县工作了。

李占元的哥哥，成家后迁往离沿江屯二十里的周家屯去了。当哥哥的某一天托人捎话，叫弟弟有空儿到他家去一次。

李占元去了。当哥哥的将他训了一顿。

当哥哥的说："全屯百来户人家，咱们李家为什么偏偏要充大善人，名不正言不顺地收容婉姐儿？你还为她丢掉了荣誉，断送了自己的前程！我真不明白，你和娘究竟是怎么想的？李家和赵家不沾亲不带故，没根没据地对婉姐儿那么仁慈，图个啥？"

当兄弟的正色回答："图个啥？啥也不图！婉姐儿小小年纪，还不能独身挑门过日子。就为这。"

当哥哥的火了："要是将婉姐儿换了别人，我也会收容她的。可赵家如今被划成了富农，富农的成分像她的姓一样，将跟随她一辈子！沿江屯没一户地主，富农就相等于沿江屯的地主哩！"

当兄弟的顶撞道："哥，你说来说去，不就是一个意思，怕婉姐儿的富农成分牵连咱们李家的人嘛！告诉你，婉姐儿一天不嫁，我和娘就把她看成咱李家的人！你若是怕日后受什么牵连，就趁早和我和娘绝断了亲缘！"说完，愤然而去。

他回到家，娘问："你哥找你去说什么事？"

"没什么事，他就是想我了。"他一句话搪塞了过去。

……

婉姐儿在李家母子的庇护下，渐渐消除了内心的哀愁，平平淡淡地过了四年。虽然，有时一想到自己是一个富农的女儿，不免长吁短叹几声。但一想到自己今后，有占元哥依靠着，便认为那成分不过是块自己太看重了的心病，只要自己不去想它，也并不能妨碍自己和旁人一样生活。

十八岁的婉姐儿，比十四岁时的婉姐儿，更出落得俊美动人了。她那张鹅蛋脸上的秀眉大眼，完全地长开了，脸上多添了一种大姑娘的沉静和端庄。她的身材高了许多，也显得更加苗条，胸脯丰满地隆起来了。她是到了庄户人说的那种非常能勾住男人眼睛的年龄了。只是李大娘母子天天和她在一张饭桌上吃饭，一个门槛迈进迈出，似乎并未特别留心她身上所发生的种种明显的变化。她的活动范围是很有限的，很少走出李家院子，很少在屯子里抛头露面。

不知从哪一天开始，沿江屯的人们，又在背后对李家进行议论了。小伙子们上地下地，宁肯多绕一段路，也乐意从李家院子外面经过。经过时，没有一个不把头扭向李家的。倘发现婉姐儿在院子里做什么事，他们的脚步就会放慢到不可能再慢的程度。有的甚至干脆停下，痴呆呆地望着她。更猛浪一点的，还会问一句："婉姐儿，干啥呢？"婉姐儿常常是低下头，瞥都不瞥他们一眼，一扭身躲进屋去了。但只要李占元往院里那么一站，他们便像见了狮子一般，慌里慌张地溜了。他那张有一道伤疤的脸，在那一瞬间，确是有点可怕的。

也难怪人们又议论起李家来。背时英雄李占元，好像决心打一辈子光棍似的，二十六岁了还不娶媳妇。到了这种年龄还不娶媳妇的男人，李占元是沿江屯"史无前例"的一个哩！不知是因为婉姐儿的存在，还是因为李占元脸上那道疤，或者因为在庄户人的观念中，背时英雄不如走运汉，沿江屯的姑娘们和她们的父母，在择婿婚配这桩事上，从未考虑过李占元。也许他曾被哪一个姑娘和她们的父母，在心中私下里掂量过，但最终还是被淘汰了。总之，这四年内，沿江屯的大姑娘一个个变成了小媳妇，却没有媒人踏过李家的门槛。

李大娘两年前，就在心中暗暗为儿子叫苦了。在提亲嫁娶这方面，沿江屯有沿江屯的不成文法——媒人向来是受姑娘家之托往小伙子家走访的。若反过来,那伙子及其父母就会被人瞧不起,媒人也会觉得充当得不体面。沿江屯"屯志"还在的话,查一查,"赵先生一世"是记载了的。这条不成文法,并没有因为中华人民共和国成立而废除,沿江屯的人们还沿袭着哩!李大娘是个在屯子里很自重的女人,她虽然有勇气收容了婉姐儿,却没有足够的勇气做沿江屯的第一个破坏传统的人。在儿子过了二十五岁生日那一天后,当娘的觉得问题严重起来。她也顾不得会被人耻笑了,瞒着儿子时常给几个当媒人的送点礼。有的受了她的礼,虽然明白她的意思,却并不肯点破,非要这自重的女人低三下四恳求不可。媒人们也是不愿放过可以扎起点架子的机会的。上山擒虎易,开口求人难。李大娘口中就是吐不出那个"求"字来!她觉得那样,她这当母亲的就在屯子里永久抬不起头来。就算提成了一门亲,儿子在媳妇一家面前,也会永久抬不起头来。

到底媒人中有一个受了她的感动,答应替她的儿子充当一回"反串"的角色。

"不过,"人家一语道破地对她说,"那你可要在这几天里就将婉姐儿从你家请了出去。"

"这……"她为难了,嗫嗫嚅嚅地说,"婉姐儿还不到十七呀,让她在我家再长大一年还不成吗?她爹在世时对我们占元好,我想将她收养到十八岁,那她也算成个大人了,我也觉着回报了她爹了……"

人家拉下脸来,口气生硬地说:"那你就过一年再来央我做媒吧!你也不想想,婉姐儿那么个俊眉秀眼的大姑娘,不是亲妹子不是亲姐姐的,成天在你们李家进进出出,哪个姑娘会不对你家占元犯疑?哪个姑娘的父母会不计较?就算我说破嘴皮给你家占元提成了一门亲,人家媳妇过了门,心里能不觉得别别扭扭的吗?三天不吵两架才怪呢!"

一番话，说得李大娘哑口无言。

她回到家中，听婉姐儿亲亲昵昵地叫她娘，见婉姐儿勤勤快快地做这做那，哪忍心对婉姐儿说媒人说的那番话！几次话到嘴边，瞧着婉姐儿的笑脸，她一个字也说不出口。也罢，那就再过一年吧！二十六岁，娶媳妇晚是晚了些，但不信身强力壮、相貌堂堂的儿子就娶不上个媳妇！她心中只能这么想，只能这么安慰自己。

当娘的为儿子的婚姻大事着急，当儿子的也并非不为自己的婚姻大事着急，不过是表面上装得不想、不急罢了。他想也没法儿说、没人说，急也没有用。他就盼着婉姐儿到了该嫁人的年龄，他和娘好歹给这个异姓的妹子找到婆家，把她尽能力体体面面地嫁出去，那他也算对得起他的先生了，也不枉婉姐儿把他当了几年亲哥哥看待……

有天清早，他为件什么事，冒冒失失地推开了婉姐儿的屋门，见婉姐儿正对着小镜子梳头。婉姐儿还没来得及穿外衣，只穿着一件紧身的无袖无领的粉红色胸衣。她那裸露的双臂，微微偏向一边的颈子，无遮无掩的上胸，在衣色的衬托下，愈发显得白皙光洁。她那胸衣下面，丰满的高高隆起的乳房，使他内心里，第一次无比强烈地激起了一种男女之情。婉姐儿从镜子里发现了他，脸上显出吃了一惊的神态。这神态在那一瞬间，更增添了她的妩媚。她的脸倏然间，比初放的桃花还红。她随即转过身去，慌乱地从炕上扯过衣服，披在身上，慌乱地用衣服罩住了自己的前胸……

他马上退出去了，强烈地感觉到自己的心在怦怦地狂跳。他猛然地意识到，婉姐儿在他眼中，再也不可能是十四年前的婉姐儿了！而他同时很奇怪，为什么在此之前，他还一直把婉姐儿看成一个小姑娘？他一想到夏天里，自己经常在她面前光着脊梁，有时甚至只穿着裤衩，和她在同一张饭桌上吃饭，和她一块儿做各种农活，就觉得自

137

己分明是无意地亵渎过了她,感到内疚起来……

"你进屋来吧!"婉姐儿在屋里轻声说。他第二次推门迈进屋,见婉姐儿已穿整齐了,坐在炕沿上编辫子。

她的脸绯红,羞羞答答的,微垂着头,一副不好意思拿眼看他的样子。"我……"他将要说的话全忘光了。"你进人家屋来,也不给个预告!"她谴责了他一句,头垂得更低,独自难为情地笑了。"我……"他仍想不起要说的事,很生自己的气,一反身跨了出去。

吃早饭时,他不像往常那样,用目光自然地看她了。他拘谨的神态,分明也对婉姐儿的心理造成潜在的影响。婉姐儿好像受到了某种无形的约束,变得沉静起来。他们都故意不看对方,目光又时时碰在一起。而每一次目光的相碰,都使他们更窘迫。当他吃完一碗饭,她向他伸出一只手,要给他盛饭。他们的手指无意地接触了一下,那只空碗便掉在地上,摔碎了。

"呀!"她犯了过失似地看了李大娘一眼,脸色绯红,赶紧掩饰地蹲下身去捡那碎碗片。她将那碗片扔出去,就没再回到饭桌上来。他也不再吃了,说吃饱了。李大娘将这一切都看在了眼里,凭一位母亲的敏感,她知道儿子和婉姐儿之间,已产生了她所不希望他们彼此产生的那种情感。她收养婉姐儿,完全是出于对婉姐儿昔日的喜爱、现时处境的同情。她对婉姐儿并没有超出喜爱和同情之外的什么念头,她并不想使婉姐儿成了她的儿媳妇。因为,那样全屯的人很可能会一致认为,她一开始收养下婉姐儿的念头就是居心叵测的。她不愿被视为一个老谋深算的女人。她只希望若干年后,人们再评价她收养婉姐儿这件事时,会当成一种良好的美德称颂她。雁过留声,人过留名。沿江屯的后人们,不是还在续写一部新的"屯志"吗?她希望在这一部新的"屯志"上,会记载下她的名字和她做过的这件善事。这位善良、自重,具有农民式的侠义心肠的女人,这位背时英雄的母亲,心中充满了难以排解的矛盾。唉,李赵两家,难道竟是天定的缘分吗?她自寻解脱地暗想,亦喜亦忧。

那天晚上,吃饭时,李占元端起饭碗,胡乱往碗里扒了些菜,就一声不响地走到屋外,蹲在院子里吃。

婉姐儿始终未抬起过头,心事重重,细嚼慢咽,只吃了小半碗,就默默地放下碗筷,离开了饭桌。"娘,我到江边去走走。"婉姐儿刷洗碗筷时,李占元大声告诉母亲。其实,他是说给婉姐儿听的。他走到江边站住,转身期待地望着屯子里。没过多久,见婉姐儿那苗条的身影从一条小道绕出屯子,也朝江边急促地走来。他迎了上去。她远远望见他,迟疑地站住了一下。然后,更快地朝他走来。

他们走近到相隔四五步,都站住了。他目光闪烁地注视着婉姐儿,注视得婉姐儿低下了头。他似乎想说句什么,但张了张嘴,一个字也没有说出来。

他转过身又朝江边走去。婉姐儿低着头,脚步徐缓地跟随在后面。他不知有意,还是无心,在前边头也不回地引着婉姐儿,走到了四年前他们曾在那里坐过的地方。

那地方似乎永远是那么宁静,只有江水发出哗哗的奔流声。江水冲击着江岸,积年累月,冲出一个月牙湾来。这里的沙子也与别处不同,不是金黄色的,而是银白色的。银白色的细沙滩上,留下了他们的两行脚印。在他们背后,是片茁壮的灌木丛。在他们眼前,水天一色,有几只江鸥扑来掠去。

他站住了。婉姐儿也站住了。他缓缓地转过身,流露出一种怅惘的目光,问:"婉姐儿,你还记得这地方吗?"婉姐儿微微点了一下头。"还记得四年前,在这地方,你曾对我说过的话吗?"婉姐儿又

139

微微点了一下头。"你对你当初说的话,今天还认可吗?""……"婉姐儿委屈地望着他。"你为什么不回答我?"婉姐儿还是那样望着他,一动也不动,如一具雕塑。她含着嘴唇,眼中渐渐盈满了泪水。泪水在她眼眶中打转,终于慢慢地顺着她的面颊滚落下来……

"婉姐儿,你别哭,我并不是想逼着你回答什么。我没有这个权力,我……"他不知如何替自己一连串的诘问解释,显得很尴尬。婉姐儿侧着身,不理他。他走到她身边,用一种赔罪的语调说:"婉姐儿,婉姐儿,你千万别生我的气,也许是我不该问你这些傻话的……"

婉姐儿倏地转过身,泪眼盈盈地瞪着他,怨恨地说:"四年来,我从没忘过我说的话。可你呢,倒像是早都忘了!你对我一点都不好,你直到今天也没有对我温柔过一次。我哭,是因为你伤了我的心了……"

他听婉姐儿这么说,憨厚地笑了。"你伤了人家的心,你还笑!"婉姐儿挥拳打他。可她的拳头并没打在他身上,却倒在他怀里了。

那位沿江屯的背时英雄,二十六岁的小伙子,用强壮有力的双臂,紧紧搂抱住了她。他感觉到了她那柔软的身子,在他的搂抱之下,颤抖不已。他感觉到了她那心房里一颗心在剧烈地跳动。他不停地抚摸着她的头发、她的肩……

他讷讷地自言自语:"婉姐儿,婉姐儿,我真傻,我真是个大傻瓜呀!身旁有你这么好的姑娘,我还天天想着娶别的女人。沿江屯,不,普天下,哪一个姑娘都没你好……"

他光自信地说着痴情的话,说了许多许多。婉姐儿在他那种男子汉的火热的爱抚下,不再颤抖了。她温顺地偎在他怀里,脸贴在他的胸前,闭着眼睛,呼吸平和,像进入了梦乡一样。他激情地说:"婉姐儿,我们俩都受了不少委屈,我们应该使自己幸福!我今晚回去就对娘说,过了秋,我要娶你!"婉姐儿微微仰起脸,呢喃地说:"占元哥,我要你亲我……"

他们不好意思一块儿进屯,一块儿回家。他站在江边,目送婉姐儿的身影在冥冥月色下隐入屯子后,自己才离开江边。

婉姐儿悄悄走进小院,见李大娘的屋里黑着,以为李大娘提早睡了。她蹑手蹑脚走进房子,慢慢推开自己的屋门,悄悄地进去。猛见李大娘神色异常地坐在她屋里的炕沿上,她难为情得几乎又退了出来。

"你也去江边了?"李大娘瞅定她的脸问,那语调是不容欺骗的。

她"嗯"了一声,低下了头,一张脸顿时红得什么似的,怯怯地娉立在门旁,手指不安地绞着辫梢。李大娘又说:"你过来。"她一步步走了过去,不敢抬起头来。"你坐下。"她惴惴地坐在炕沿上,头垂得更低。李大娘缓和了语调,说:"婉姐儿,你如今已经十八了,是个大姑娘了。男大当婚,女大当嫁。你也到了该出嫁的年龄了,你愿意我替你做主吗?"

婉姐儿轻声细语地回答:"娘收养了我四年,恩重如山。您老不替我做主,谁人还能替我婉姐儿做主呢?"话语中含着一缕哀情。

李大娘注视了她一阵,沉吟地说:"前些天,你占元哥他嫂子托人捎过话来,说周家屯有个配得上你的好小伙子,人家也可靠,你要是愿意,我明天就带你去见见;你要是相中了,我就替你定下了这门亲事!"

"啊!不,不,不!"婉姐儿猛地抬起头,骇然地瞪大了她那双和顺的眼睛,接连吐出几个"不"字,以往她那悦耳的声调,因焦急而改变了。

"怎么又说不了呢?你总是要嫁人的呀!婉姐儿,莫非……"李大娘停顿了一下，接着试探地问："莫非你心上已有了什么人不成？"

"我……"婉姐儿欲言又止，又垂下了头。"我把你当亲生女儿看待，女儿有不能告诉娘的吗？你心上若有了个什么人，就该告诉我才是！"李大娘鼓励她，鼓励中包含着责备。婉姐儿垂头思忖着，迟疑着，暗暗准备着内心的勇气。

"你就是我亲生女儿，也不能长久守着我这个老婆子呀！我还能在世上活几年？倘我死了以后，你占元哥也成了家，你独身一个，往哪儿去呢？婉姐儿，我不活着看你嫁了人，我是死不瞑目的！"李大娘凄凉地说，长长叹了口气。

婉姐儿终于答道："娘，别说这些让人难受的话了。我要嫁，只嫁一个人，除了这个人，我死也不嫁！娘，我婉姐儿能不能称心如意，全靠你给我做主了！"婉姐儿第二次抬起头。她眼中闪耀着一种充满憧憬的光彩，她那神态，仿佛是在屏息敛气地静待将要发生什么严重事件似的。

"告诉我，这个人是谁？"李大娘低声问。

"占元哥……"三个字极轻微地从她口中挤出，带出了她内心极度的忐忑不安。说完，便扭过了身子。

很长一会儿工夫，屋里静寂寂的，只能听见婉姐儿那不均匀的呼吸声。

李大娘向婉姐儿挪近身子，抓过她轻轻撑在炕沿上的一只手，一声不响地抚摸着。

婉姐儿从这种抚摸中，感受到了深深的慈爱。她不禁慢慢转过身，默默地看着自己的恩人。在油灯昏黄的光下，李大娘脸上的每一条皱纹，都呈现出一个做母亲的内心的无比善良和温情。

李大娘柔声地说："孩子，我也猜到你是喜欢上你占元哥了。我的儿子我知道，他那倔脾气古怪得很，就不知他今后能不能对你好。若是他今后亏待了你，我倒是行善反落了个众人指责的结果，太对不起你了……"

那婉姐儿，整个一颗心被感动得承受不住了。她情不自禁地跪在了李大娘面前，将头枕在李大娘膝上，说："娘，你放心吧，占元哥今后绝不会亏待我的，我相信他的心，相信他的人品。婉姐儿也一定能给你做一个好儿媳妇！"她紧紧地握着李大娘的手，感激的泪水落在李大娘手背上。

这时，立在门外的李占元，忍不住推开门闯进屋来，大声说："娘，我今后要是对婉姐儿有一丁点不好，我就不是你的儿子！"

当娘的看看儿子，又双手捧起婉姐儿的脸，细细端详了半晌，问道："婉姐儿，这可是你的终身大事，你就不再为你自己多想想了吗？"

婉姐儿说："娘，你还叫我想什么呀？我从十四岁进了李家的门，从那一天起，就没打算再离开李家！"

"我的孩子，看来你和你占元哥，是命里注定的缘分啊！我哪忍心拆散你们呢？我对你说的那些话，都是试探你的呀！你既是这么痴心，有你这么个好儿媳妇，不管担待什么都不在乎了。你起来，听我对你们俩再说番话。"李大娘扶起了婉姐儿，将她轻轻朝儿子身边一推。

婉姐儿依偎着李占元，双双恭立在李大娘面前。

李大娘望着他们，郑重地说："婉姐儿，你不是李家的童养媳，你是在小小年纪举目无亲的境地，我当女儿将你收养的。因此，我才不惧怕那些个闲言碎语、飞短流长。你就要成为我的儿媳了，难免在屯子里会引起人们说三道四的。为堵他们的口，你不能就在李家和你占元哥成了亲。你如今已十八岁，是个大女子了，过几天，就叫你占元哥帮你收拾一下你们赵家的房子,你搬过去住。尔后,我替你找下个媒人,叫媒人来说亲。这个过场,咱们得做给旁人看。咱们屯子,是讲究这些礼仪的。你和你占元哥,也算是顺理成章地娶嫁了。你乐意这样做吗?"

婉姐儿羞涩地回答:"娘,我都听你老人家的安排!"李大娘脸上,这才渐渐呈现出了欣慰的笑容……

然而,李大娘感到欣慰得太早了。几天后,还没等李占元和婉姐儿去收拾赵家的房子,却有伙人先于他们打开了赵家的门。门上的封条早就无影无踪,锁已锈了,是连锁栓从门上一块儿砸下来的。当时,李占元不在屯里,陪着婉姐儿一块过江,进县城买点小东西去了。李大娘闻讯后,顾不得年老体衰,"蹬蹬蹬"颠着双小脚,一口气跑到赵家,见赵家已不再像个家样,能过日子的家具所剩无几,连炕箱碗柜也不知去向。

"你们这是干什么?抄家吗?就是抄家,也得事先打声招呼呀!赵家还有活人呢,婉姐儿还姓赵!"她词严色厉地大声质问起来。在场的人,没理她茬的。他们照样该做什么,还继续做什么。他们扒火炕,推倒了夹壁墙。她急了,跺着脚嚷道:"哪一个再不住手,我可要用头撞他了!"

这才有一个人回答她:"过几天,咱们这方圆三村五屯,就要成立人民公社了,赵家的房子从今后,要作生产队队部。"

"这……"她顿时呆住了,半晌才说出话来,"凭什么道理,偏偏要占赵家的房子当队部?"

"凭什么?凭她家的房子现时没人住,凭赵家是富农!难道不占赵家的房子,还能占别人家的房子不成?你这么问,看你是老糊涂了,和富农穿一条裤子了!"

那些人嘻嘻哈哈笑起来。平时对婉姐儿不怀好意，又沾不上婉姐儿边的歹小子，就趁机油腔滑调，插科打诨，说起入不得耳的话来。

"不是她，是她儿子和富农穿一条裤子！"

"什么志愿军英雄呀？守着个美人儿，也难保一早一晚，不干那偷香窃玉的勾当！"

"你见着了？"

"嘻嘻，能让咱见着吗？金屋藏娇，大门不出，二门不入呢！"

……

李大娘气得说不出话来，她那颗无比自重的心，从未当众受过这般践踏。她被激怒了。

她弯下腰，一头朝他们中的一个撞过去，将那一个撞得倒退几步，一屁股坐在地上。

他爬起来，冲到李大娘跟前，想动手打她。但毕竟心虚，不敢放肆，就指着她的脸叫嚷："你别倚老卖老！你以为你收养了婉姐儿，赵家的房子家产就全归你了？你做梦！别说那些归不了你李家！连婉姐儿将来也得归了社！由队里监督她这个富农女儿好好改造哩！你们李家阶级界限不清，将来也没啥好果子吃。告诉你，这些都写在了咱们沿江屯的新'屯志'上了。你们李家，因此也要遗臭万年哩！"

李大娘浑身颤抖，一颗心早已被气炸了，只觉得眼前发黑，昏倒在地……

李占元和婉姐儿高高兴兴地从县城回到家中，两个人一迈进家门，同时喊了一声"娘"。没听见答应，他们仿佛预感到发生了什么不祥事，不安地对视一眼，轻轻走入了娘的屋。果然，见娘闭着双眼，面色青灰地躺在炕上。

她是被几个平素相处和睦的妇女抬回家中的。

李占元和婉姐儿双双扑到炕沿前，左一声"娘"、右一声"娘"地呼唤着。

　　李大娘微微睁开双眼，一手攥住儿子的手，一手攥住婉姐儿的手，眼泪成串地淌下来，望着他们，嘴唇颤抖地说："将来，怕不会有你们的好日子过啊！"

四

　　李大娘倒床不起，恶气郁结于心，两天后，悄然过世了。

　　李占元和婉姐儿，不胜悲痛地将老人安葬了。入土的时候，屯里的许多人都去了坟地。新坟垒起，人们都落了泪。包括那些在李大娘活着的时候，背后对她说过诽谤话的人。就是他们，在那一天、那一时刻，心中也不能不承认，李大娘一世活得善良，是个好人。沿江屯从此又少了一个好人，这总归是令他们难过的事。他们的头脑中，虽然已经被灌输进了一点阶级观念，但毕竟还不习惯用政治的眼光和阶级观点去评价任何人、任何事。他们并不像那些年轻人，对于政治和阶级观念接受得那么快。沿江屯毕竟是个只有一百来户人家的屯子，又都是由"闯关东"的穷汉们组成的。赵家这一户富农，毕竟是吴部长划的，不是他们定的。所谓被"变相剥削"这一事实，也毕竟是经过吴部长启发，他们才勉勉强强认可的。何况为了这事，死了一个"赵先生"，又死了一个李大娘。他们都觉得良心上多少有点过不去。而全屯人所受到的损失，却是他们暗中都不能否认的。新推举的小学教师，虽然不打学生的手板，但却也没有教会学生们多少文化。比较起来，还是死去的赵先生教书教得认真，教出的学生也斯文……

　　婉姐儿扑在李大娘的坟上哭得死去活来，任谁也拉不起她。人们见她哭得那样子伤心，愈加相信，李大娘当初收养她，完全是出于善良本性，并非有什么自私企图。说过诽谤话的人，内心受到谴责，忏悔不已。

呆立在母亲坟前的儿子，突然将手中的锹狠狠地摔在地上，一转身朝屯子里跑去。他径直跑向一家，闯入屋内，如凶神恶煞一般，当着那全家人的面，揪住那恶言侮辱了他母亲的罗小子的衣领，拖出院子，拖出屯子，往坟地拖。那罗小子心中有愧，又不是他的对手，未敢挣扎，只是一路不停地合掌打拱，好话告饶。作揖是作不得的了，李占元死死揪住他的衣领，使他透不过气，也弯不下腰。他的两个兄弟，不远不近地跟在后面，不敢贸然上前解救，怕李占元发起狠来，扭断他们哥哥的脖子。也不敢甩手不管，不知李占元会对他们的哥哥采取什么处置手段，他们眼睁睁看着李占元将他们的哥哥拖到新坟前，喝令跪下。那罗小子哪敢不跪，乖乖地跪下，还怕李占元嫌他跪迟了哩！他今天才算领教了李占元的"英雄本色"。尽管背时多年，此刻勃发起来，还是威风凛凛。只要李占元不将他当一个美国兵结果了，他就觉得自己够侥幸的了。

"磕头！"李占元大吼一声。

他赶紧磕头。

"再磕！"

他又接连磕了几个响头，沾了一脑门子黄土。

"还要磕！"

他就连续不断地磕起来。

"你自己说，你是混蛋小子！不是人生父母养的！"

他就一边磕头，一边叨咕："我是混蛋小子，不是人生父母养的！"

人们默默地看着，并没有谁觉得李占元做得太过分了。赤子之心、悼母之情，沿江屯的人们一向尊重。纵然做得鲁莽，他们也是会原谅的。

李占元终于觉得为娘、为自己、为婉姐儿发泄了点累怨积恨，便从坟上搀起哭成了泪人儿的婉姐儿，也不对众人说句表示感激的话，转身离开娘的坟，向屯子里慢慢走去。

婉姐儿一步三回头，三步一声"娘"，句句喊得悲切，声声唤得凄凉。四年收养之恩，从少女长成了个大姑娘，她自觉还未来得及报答，李大娘却已成泉下之人了，她怎能不悲不哀，不戚不伤？

回到家中，婉姐儿愈加哭得昏昏沉沉。李占元想到往日有娘在，家里多一种和睦气氛。如今，只剩了他和婉姐儿，一对未成婚的夫妻，仿佛未来的生活也被娘带走了很主要的一部分。谁还会出头露面替他和婉姐儿张罗婚事呢？他也不禁凄然泪下。

他的哥哥忽然闯进来，不问个青红皂白，劈面就给了他一耳光。之后，指着他的鼻子吼："占元！都是你早不听我的话，和赵家牵连上了狗扯羊皮的关系，自己丢了荣誉，丢了当干部的运气不算，如今，连娘的命也赔上了。你还硬充什么孝子悌儿？我今天要管教你！"说着，又扬起巴掌来打他耳光。

他擒住哥哥的腕子，使劲一推，就将哥哥推出门去，跌倒在院子里。

他跨到门口，愤恨地大声说："你走！我和你断绝弟兄之情！从今往后，你姓你的李，我姓我的李，我和你一个李字对半分，分开了就毫无干系！"

当哥的爬起来，拍拍身上的土，口中道："好，好！你说出这话！"头也不回地走了。

他在门口发呆了一会儿，退入屋里，见婉姐儿一边流泪，一边在打包一个小包裹。

"婉姐儿,你这是做什么?"他沙哑地问。

婉姐儿反身抱住他,边哭边说:"占元哥,你让我走了吧,我前世做下了什么孽呀!命运就这么报应我。我把你和娘牵连苦了,你让我离开沿江屯吧!从此后,婉姐儿要四处飘零,哪怕以乞讨为生,受尽凌辱,也再不回沿江屯了。你全当我死了,把我忘了吧!你和娘的恩德,我婉姐儿今生无法报答,来世也要偿还……"

"婉姐儿,婉姐儿,你说的什么话。你怎么能这样想?这都不是你的过错呀!你若离开我走了,我还能活吗?一个人只有一个命,我和你,已是两个命牢牢地拴在一块儿了呀!我们要相依为命。今后就是有天大的厄运,你婉姐儿也是我的女人!"他用真挚的话安慰着她。他轻轻推开她,让她坐在炕沿上。用毛巾给她擦脸上的泪痕,又用木梳给她梳顺了头发。然后,捧着她的脸,像哄小孩似的,柔声说:"婉姐儿,你安安静静地去躺一会儿吧!"

瞧着婉姐儿失魂落魄地回到自己屋里去了。他仰面往炕上一倒,两眼瞪着屋顶,愣愣地出神。这会儿,他心中没有悲哀,没有愤怒,甚至也没有对那个被自己惩罚过的歹小子的仇怨,只有一种思想,一种对生活和命运产生极大怀疑的思想,一种想要做件事情的朦胧的意识。这一切究竟都是为了什么呢?究竟为什么要发生这样既严肃又荒唐的事呢?这样的事已发生在一个小小的沿江屯,那么别的地方是否也发生过或者正在发生呢?那么别的地方是否也有像婉姐儿、像自己、像娘一样被生活无端摆布的人们呢?他想着想着,意识由朦胧而明确了。他知道自己要做什么、应该做什么了。他一挺身起来,走到婉姐儿的屋门前,推开一道门缝,见婉姐儿背朝着他,侧躺在炕上,像是已经昏昏入睡了。于是,他脚步轻轻地进了屋,将婉姐儿的一双鞋悄悄拎了出来。他轻轻带上门,犹豫了一下,又将门从外面顶上了。他怕婉姐儿是在装睡,趁他不备,从家里溜出去,离开沿江屯,漂流到他无法寻找到的异地外乡……

他回到自己屋里,插上门,翻出笔墨,在桌上铺开几张纸,就坐下去研墨运笔,认认真真地写起什么来。写到后半夜,灯油快熬干了,才写好。也不从头至尾看一遍,便认真折起,抽开门插,轻轻走到厨间,端了一勺米汤进来,就用剩下的纸糊了一个大信封,将折起的那几张纸塞进去,封了口……

第二天,他照常下地干活。人们见他那副神色冷峻的样子,不敢和他接近,更不敢说一句议论他的话。他们觉得,他是有点儿变得怪可怕了。他们有意躲避他,连平素最爱搬弄是非的几个人,也暗暗发誓,就是明天婉姐儿生出个孩子来,他们都不再说三道四了。

每天吃过晚饭,他和婉姐儿相依相偎,久久地坐在一块儿,他不说什么,她也不问什么,就以一种不必用语言表达的深情的爱,相互慰藉彼此的心。然后,怀着暂时的幸福,依依不舍地分开,各自歇息。

这样过了半个月,他们的心渐渐从悲哀中获得了少许解脱。他们的脸上和目光中,又渐渐有了一些对生活的欲望。他也想到应该苫苫屋顶,她也想到应该糊糊窗纸了。他们也开始像别的人家一样,提前做些预备过冬的事情。

一天中午,屯子里静悄悄的,狗也不吠一声。干了一上午农活的人们,一个个都在家中乏累地酣睡午觉呢。婉姐儿盘腿坐在自己的炕上,守着窗子,给李占元纳鞋。她心里想着,他们今后成了夫妻,不求丰衣足食,只求能平平静静地过一辈子,也算可以告慰李大娘的在天之灵了。一走神儿,针扎了手。她将手指放入口中吮了吮,猛一抬头,愣住了。

一个人不知何时站在院子里，不是别人，是曾和她认过干姊妹的吴部长。吴部长正隔窗望着她。这两个女性，一个屋内，一个院里，呆呆地对望着。

吴部长还像四年前那么年轻，留着齐耳的短发，衣衫洁净，还是那么一副沉着老练的样子。她只是略微发胖了些，腰身像某些结了婚生过孩子的女人那么丰腴了。她的面色红润有光，显然生活称心如意。这个四年前曾被自己视为亲姐姐、由衷地崇拜过的女人突然出现，使婉姐儿的心头袭过一阵惊恐。她现在对这个女人，只剩下种心理上的余悸了。

她放下鞋，将双手轻轻按在胸前，使自己那颗不安的心能够稍微镇定一下，便迅速从窗前移开，穿上鞋，在屋内默立了片刻，鼓起最大的勇气，走到了院子里。

"他在家吗？我要见他，立刻就要见到他！"那女人急促地说，四下里张望，分明是怕有人发现她站在这个院子里。

"谁？……"婉姐儿明明知道她问的是谁，还是迟疑地反问了她一句，用生疏的戒备的目光瞧着她。

她低声说："先让我进屋吧！"语调中带着明显的恳求。说罢，就想往屋里钻。

婉姐儿张开双臂，撑住两边门框，不放她进屋，语调中也带着几分恳求地对她说："不，不，他不在家，我不放你进屋……"神色异常慌张起来，仿佛她是一个女巫，一放她进来，就会显神弄鬼，吓死人似的。

"婉姐儿，放我进去，我有重要的话告诉你们啊！"她苦苦恳求。

"不，不！我不放你进来，他确是不在家……"婉姐儿并不为她的恳求所动，她觉得将这危险的女人拒之门外，是对自己，是对即将成为自己丈夫的占元哥,是对他们未来生活的一种捍卫行动。她的态度强硬而坚决。

那不速之客思忖着,拿不定主意是应该转身走掉,还是应该再说几句什么恳求的话。睡晌觉的李占元醒了。他披件衣服踱出屋子,和吴茵打了个照面,他也不由一愣。"你……"他沉吟了一下,冷冷地问,"你来干什么?""先让我进屋,我有话对你说,非常重要的话!"她将恳求的目光转向了他。李占元对婉姐儿说:"让她进来吧!"婉姐儿犹豫了一下,不情愿地从门口闪开了身子。"你给……中央部门写了一封信?"吴茵一进到屋里就开口问。他点了一下头,默认了。吴茵绝望地看着他,失色道:"你彻底完了!那封信被转到了地委,地委书记亲自在信上作了批示,认为措词恶毒、思想反动,是一封对党进行攻击的信,要拿你当政治罪犯办呀!我的消息千真万确,你早做准备吧!我走了……"话未说完,转身就走。走到院子里,还回头瞧了他一眼。那神情似在对他说:"四年前,我还能帮助你。这一次,我是无法帮助你了。"

望着她匆匆走出院子,一转弯,身影消失了。李占元和婉姐儿呆若木鸡。婉姐儿首先清醒,一转身,猛地抱住了他,惶恐地说:"我怕,我怕极了。你为什么要写那样的一封信啊!你是把自己给毁了呀!"他紧紧搂住她,抚摸着她的肩头,极力用一种镇定的语调说:"婉姐儿,你别怕!那封信绝不是像他们认为的那样,我心里有数。"

婉姐儿哭道:"你有什么数啊!我的傻人儿。听我的话,你快远走高飞,逃走吧!"说着,从他怀里挣出,扑进屋去,翻箱倒柜,慌慌张张地给他打点东西。

他也跟进屋里,将她打点起来的一个小包扔到了炕角里,说:"你怎样这样经不起事啊!我逃了,你怎么办?逃,就等于我首先承认自己有罪了。再说，我能往哪儿逃？"其实，他心里已乱作了一团。婉姐儿急了，冲着他嚷："那，就坐在炕头上，等着人家开警车到家门口，将你戴上手铐抓走吗？"他不听犹可，一听，忍不住大吼一声："你嚷什么？你叫我安静一会儿好不好？！"婉姐儿见他脸色变得铁青，脸上那道伤疤抽搐着，骇然地从他面前倒退了一步。她绝望地捂上脸，跑进自己屋里，伏在炕上哭起来……

他在炕沿上呆坐了一会儿，心里对自己说：事到临头，听之任之吧！反正我李占元一不反党，二不反社会主义，不过是以一个共产党员的权利，向党中央汇报一点情况，思想反动的罪名，是加不到我头上的。这么一想，仿佛就泰然无事了。他叹口气，躺在炕上，闭上眼睛，感到极其疲惫，恨不得将一切从头脑中排除得干干净净，呼呼地睡上一大觉。然而，他是欲睡不能啊！不过是闭眼躺着罢了。

他也不知躺了多久，朦朦胧胧中，听到了一点响动。睁开眼睛。见屋里已黑暗下来，分明是晚上了。黑暗之中，一个人影，一动不动地立在炕沿前。

"谁？……"他问了一声，怀疑自己在做梦。"我……"不是梦，是婉姐儿站在那儿。他坐起来，想到自己白天发火时对她吼过，她心里一定有许多委屈。"婉姐儿，你生我的气了吗？"他探身拉住她的一只手。她好像脚下无根似的，被他轻轻一拉，便倒在他怀里了。他俯下头，将脸贴在她的脸上，立刻知道，她一直是在无声地流泪。他心里非常不是滋味。

"我怕，我怕你被抓走了，就剩下我一个人，我会孤独得活不下去的……你……你让我生个孩子吧！无论生下个男孩女孩，我都给你好好抚养。我看着孩子，就会像看着你一样。我早晚是你的人，今晚……我就给了你吧！虽然我们还没成亲，可这不是我们的过。谁知我们还能有几天在一起？……这几天里，你就让我做了你的妻子吧！"婉姐儿说着，抽出了被他握住的手，就开始解衣扣……

"婉姐儿，你疯啦！要是我真的被抓走，你……你生下了孩子怎么能见人！"他又抓住她的双手。"如今我是什么也不怕了，谁也不怕了！哪一个人也不能阻止我做了你的妻子，给你生孩子……"婉姐儿又抽回了自己的双手，从容地解她的衣扣，衣服无声地从她身上滑落到地上。屋里更黑暗了，他看不清她的脸，却感觉到了她急促的呼吸。她那贞洁的女性的身子，偎在他怀里，期待着他的爱抚。她默默地拉住他的一只手，将他那只手亲吻了一阵，紧紧按在她柔软的富有弹性的胸脯上……

他是被女性这种充满渴望的爱完全迷醉了……

三天后，正如婉姐儿所说的那样，警车一直开到了李家的院子外面，他被戴上手铐，从家里逮捕走了。

全屯的人都震惊了。人们里三层外三层地围在李家院子外面。婉姐儿异常镇定地经历了这场面。她没有哭，没有拖住他不放，也没有喊冤叫屈。她站在门口，身子靠着门框，咬着嘴唇，看着他被押上了警车，就如同目送他出一次远门似的……

这件事，使沿江屯的年轻人兴奋了好几天。他们觉得这真是他们的幸运，沿江屯，不，方圆百里内三村五屯，空前绝后的一件事，由他们亲笔记载下来，真是了不起呢！一个参加过志愿军的人，一个曾冒过枪林弹雨的战斗英雄，成了一名现行反革命，这件事情本身就够叫人触目惊心的。何况，他们是亲眼所见。他们所接受的那一整套政治逻辑和阶级观念，可算是有了用武之地了。他们像几个人合写一部小说一样，互相补充着情节和细节，唯恐遗掉了也许可能是最精彩、最深刻的原始材料。不消说，这种记载，绝不乏他们的主观分析、丰富想象和自以为高明的结论……

　　李占元被判劳改八年,据说法律对他是很宽大的。因为,他毕竟曾是一位战斗英雄,为人民负过伤、流过血。又据说倘若他认罪态度好一点,可能还会得到从宽处理。可惜,他的认罪态度并不怎么好……

　　到了公元一九六六年,也就是"文化大革命"开始的那一年,李占元刑满获释了。他的确是太背时了,偏偏赶上那么一个"轰轰烈烈"的年代,回到了沿江屯。这和他从朝鲜战场上荣归时的情形大为不同了。这八年中,沿江屯和李大娘同辈的老人们,差不多全过世了。剩下几个还活着的,寿归正寝也只是早一天晚一天的事了。而后一代人,则成长起来了。公社化以后的沿江屯,并没有哪一家的生活富起来。三年自然灾害中,还饿死过几口人。成长起来的后一代,身体虽然个个营养不良,头脑里却装满了政治思想。沿江屯与县城隔江相望,县城里的"文化大革命"运动开展得如火如荼,沿江屯的后代子孙们一个个摩拳擦掌,跃跃欲试,准备"扫除一切害人虫,全无敌"。他们将沿江屯的新"屯志"又全否了。他们要"一代新人谱新篇"。

　　他们消息灵通,预先探听到了李占元在哪一天哪一时可能回来,所以,他刚过江,就被他们包围,戴上高帽,挂上写着"反革命分子"的牌子,热热闹闹地"迎接"进了屯子,在全屯游斗了一遭,名曰:"给'反革命分子'一个下马威!"

　　李占元被游斗完,问那些年轻人:"没事了吧?那我就回家了。"

　　一个回答他:"今天没事了!"

　　另一个拿他取笑:"想家了?噢,你家里还有个守空房的王宝钏呐!她还给你养大了一个跟你一模一样的儿子。"

　　"儿子?难道婉姐儿她……真的为我生了一个儿子?"他心头涌

起一阵激动，一股父亲的衷情。他真想跑回家去！他压制着内心的激动，迈着从从容容的步子往家走。看到他家的小院，他站住了。他想到自己脸上被涂了墨，这样走进家门，会吓坏婉姐儿和儿子的。于是，他转身朝江边走去。他走到江边，蹲下身，见江面映出一张鬼脸。为什么把一张人脸变成一张鬼脸，竟会使那些年轻人感到心满意足、兴高采烈呢？他百思不得其解。经过八年劳改，仍然时时重犯这种思想毛病，难道我真是个"顽固不化"的人了吗？他嘲讽起自己来，不禁苦笑一下，掬起一捧江水洗脸。他洗尽脸上的墨，用衣襟擦干脸上的水，四面看看，认出了自己不知不觉来到的这地方，竟是婉姐儿以心相许的月牙湾。他对自己为什么会信步走到这里，感到奇怪。婉姐儿这八年是怎么过来的呢？他无心再勾留，大步离开了江边。

他走进小院，见他家的房屋因年久失修，破败不堪。走入屋内，首先看到的是一桌饭菜——窝窝头、咸萝卜疙瘩、包谷面粥，粥还冒着热气。但却不见婉姐儿。

"婉姐儿！"他轻轻叫了一声。

他听见什么落地的音响，一转身，见一个女人站在厨房里，身上沾着草，一抱草散在她脚下。她的脸色憔悴，额头、眼角上过早出现了细微的皱纹，呈现出病容。她的那双眼睛，依然那么明亮，眸子闪烁着永不会泯灭的光彩。那是对生活勇于忍耐的、对将来永抱希望的光彩。

他认出来了，正是他的婉姐儿。虽然，她的变化非常之大，与保留在他记忆中的八年前的婉姐儿判若两人。但他还是一眼就认出了她。

因为，她是他的女人啊！"婉姐儿！"他又轻轻叫了她第二声。其实，他并没有喊出声来，只是嘴唇嚅动了一下。

婉姐儿一下子就扑到了他怀里。八年劳改，他的身体反而更强壮了。他那有力的臂膀，紧紧地搂抱住了她，许久不放松，仿佛要把她整个儿搂进自己的胸膛里。在那一时刻，他感到八年中对她的种种思念，全部得到了偿还。那是怎样的思念啊！梦里都在呼叫她的名字。

"快放开我，孩子就要放学回来了！"婉姐儿挣脱了他的搂抱，整整衣襟，看他一眼，说，"你快吃饭吧，一会儿就凉了。"她将他推到饭桌旁，自己坐在他对面，目不转睛地瞧着他，脸红红的，浮着一缕笑容。那笑容、那红晕，使她脸上呈现出了八年前那动人的妩媚，一种昔日的妩媚的余韵。

他问："这顿饭是专为我做的？"

她点了一下头。

"你怎么知道我此刻会回来？"

"游斗你时，我回来现做的！"

他皱起了眉头，知道她看见了自己被游斗，他心里很难过，不是为自己，而是为她。她伸过一只手，抚摸着他的手背，企图用这种细小的动作，消除他心里的伤感。

他理解地亲了亲她的手，心中暗想：我李占元绝不能对生活有一丝一毫的绝望，我有爱我的一个好女人，有一个儿子。有了这两样，我就有忍受一切的勇气！我要是对生活心灰意冷，我就对不起她娘儿俩……

他抓起一个窝窝头，大口大口地吃起来。儿子回来了。果然，长得和他十分相像。儿子看见他，迟迟疑疑地站在门外，瞪着两眼望母亲。"纯心，过来！"婉姐儿将儿子叫到了身边。儿子依着婉姐儿的身子，偷偷打量他，那目光是怯怯的、疑惑的。纯心，一个好名字！为人心要纯。人有一颗纯心，才会正直，才会同情别人，才会不做恶。他朝婉姐儿看了一眼，表示对她给儿子起的名很满意。他开始以一个父亲的特殊目光,默默地端详着儿子。

婉姐儿轻轻将儿子朝他身边推过来,鼓励道:"快叫爸爸呀,他是你爸爸!"

儿子注视着他,终于开口叫了一声:"爸爸!……"

他的眼泪差一点流下来。

他将儿子抱在了膝上,负疚地问:"你替爸爸受了不少委屈吧?"

儿子仰脸看着他,点了点头,忽然搂住他的脖子,将脸贴在他脸上,说:"可是我不怨爸爸,我天天都在盼爸爸回来!"

他的眼泪再也忍不住,流了下来……

晚上,当他和她躺下后,他自言自语地说:"真想不到,儿子一点儿也不怨恨我这个爸爸……"

她习惯地用一根手指轻轻抚摸着他脸上的那道伤疤,细语回答他:"儿子哪能怨恨你呢!从小我就天天对他讲你,告诉他你是一个怎么样的人,你为什么去劳改……我还把你那几枚勋章交他保存呢!"

他听了她的话,就搂过她的身子,说:"婉姐儿,婉姐儿,你曾对我说过,要报答我们李家的恩德,如今是我该对你说这话了……"

她用手捂住了他的嘴,不许他说出那样的话。

……

十年"文化大革命",小小一个沿江屯,也几经"天翻地覆"。今天这个掌权,明天那个夺权。什么中央的路线斗争啦,什么党的命运啦,什么"大动荡,大分化,大改组"啦,也都跟沿江屯的人们"紧密联系在一起"了。而且,还似乎联系得蛮紧。其实,不过是那些热衷于夺权掌权的人们,和县里的几个造反派头头们"联系在一起"罢了。小舞台演大剧,竟然也热热闹闹地演了十年。有剧就有种种角色。于是,竟然也出了些个什么"野心家"啦,"小爬虫"啦,"变色龙"啦,"复辟势力的代表"啦……也幸亏出了些个这样的角色,使沿江屯新生乍起的年轻人,那种可能完全集中在李占元一个人身上的勃发的政治冲动分散了,均摊了。李占元为此心中十分"感激"那些涌现出来的新角色。他在"风起云涌"的间隙,在"你死我活的政治斗争和路线斗争"的夹缝中,尽量地做一个好丈夫、好父亲,和"老老实实"的改造对象。他的生活信心不但没有被磨泯,反而更充足了。他知道,戏演到愈烈的时候,离该结束的时候也就不远了。因为,高潮一过,也就没什么戏唱了。他倒要看看,紧锣密鼓中发生的这一切,到头来究竟怎么个结束,怎么个收场?能否像写书的人们那样,来个出其不意、干净利落的"豹尾",令人拍案击节、喝彩叫绝?

他并没白白期待。

公元一九七七年,"文化大革命"这对许许多多的人来说都是沉重的历史一页,猝然就被翻过去了。沿江屯的人们中,那些政治冲动早已松懈了的,暗暗庆幸自己清醒得还算早,没被这突然的历史动作狠狠摔在尘埃里。到那时还欢蹦乱跳的,可就目瞪口呆、晕头转向了。想要赶紧变换脸上的油彩,已来不及了。小小一个沿江屯,自认为清清白白,没做过违心或亏心事的,竟寥寥无几。李占元和婉姐儿,当然,也包括在这寥寥无几的人们中。

那些谱写沿江屯"屯志"新篇的年轻人,也就只好很尴尬地结束了他们的历史使命,并认识到它实在并非沿江屯史值得骄傲的笔录,而是滑稽和耻辱的记载。为此,他们很难过。

沿江屯的人们,在对生活重新认识、重新思考、重新进行判断和评价,半茫然半省悟的心理状态中,又匆匆忙忙、纷纷乱乱地度过了两年。

公元一九七九年,党中央宣布,给"四类分子"普遍摘帽。李家又成了全屯人的议论中心,许多人怀着内疚的心情来到李家,向李占元夫妇表示道贺。夫妇俩对人们的好意非常感谢,但是并没有像人们所想的那么欢天喜地。因为,他们的内心被另一种欢喜充满了——他们的儿子考上了省城一所全国著名的大学,成为李赵两家和整个沿江屯的第一个大学生。

摘帽会开过的那一天,李占元对婉姐儿说:"过去你总说,我们李家受了你们赵家的牵连。今天可是反过来了,你们赵家受了我们李家的牵连了。我是被判过劳改的,这顶帽子恐怕是一辈子也摘不掉了,你不后悔吗?"

婉姐儿只是笑笑,什么都没有回答。

李占元偏要她回答。

婉姐儿只好顺口回答道:"你那顶帽子呀,我早就给你摘掉了,还用得着别人摘吗?"

李占元对她的回答心满意足。

至此,他们紧跟上时代的步伐,向前奔着他们的好日子。他们都是四五十岁的人了,再没有时间抱怨他们受过的种种委屈了。也不想要求从他们过去的生活中,找补回什么,一个人只有一个命。他们的命过去被生活恶作剧般地揉搓着,使他们的心在半麻木状态中顽强地憧憬着。他们如今终于是大彻大悟了,人不应做政治的玩偶。政治非要和他们过不去,他们也没有别的能够有效自卫的良策,还它一个满不在乎就是了……

到了公元一九八二年,某天,一辆小吉普车开进了沿江屯,直开到生产队队部——就是赵家原来的那幢老房门前。从车上下来一位五十岁左右的女人,像所有中年就开始发福的女人那么胖。但胖得并不难看,倒是显得挺富态。她剪着齐耳短发,但头发全白了。她站在赵家旧宅前踌躇了一阵,脸上渐渐呈现出一种怅惘的表情,似乎凭吊以往失去的什么。

她走入队部,队部只有一个年轻人,在看一份当天的《人民日报》。那年轻人抬头瞧了她一眼,猜测出她是一个不寻常的来者,立即站起来,客客气气地问她有什么事。

"我是地委副书记吴茵。"她脸上没有什么特别表情地回答,"我要找你们队的领导。"

"这……"年轻人摇摇头,"队长到外地跑单帮去了,好久没回来了。"

"那么,支部书记呢?"

"前任书记落选了,新书记……还没准儿会选谁呢?"

"那么,你是什么人?"

"我……我什么都不是,我不过是到队部来随便翻翻报纸,看报上有没有关于个体户的新精神……"

地委副书记沉吟了一会儿,下了某种决心,说:"我也不找别人了,碰见你,就算找你了。我要求你,尽快将全屯人召集在一起。"

对方想了想,没说什么,放下报纸,朝外走去。走到门口,回转身来,似乎要问明白点什么,但犹豫了一下,却没问,揣了个闷葫芦的样子走出去了。

一会儿,响起了钟声。

又过一会儿,他回到了队部,汇报说:"人没法儿召集齐呀,只召集了几个老人和孩子……"见地委副书记面露不悦,便解释道:"如今,可不像过去了,召集个会不容易,哪一家哪一户都没闲人啊!"

地委副书记打断他的话,说:"那么,有多少人,就开多少人的会吧!"地委副书记吴茵,这二十几年来,虽然工作上没犯过什么路线错误,"文化大革命"中没受过严重的冲击,粉碎"四人帮"后,也没什么必须"说清楚"而又说不清楚的问题,但心灵上,却始终压着一块沉重的磨盘。

她近一两年来,亲自平反了许多冤假错案。她一直期待着审阅到李占元的上诉材料,期待却落了空。她不再期待了,她以当初当事人的身份,出面和有关部门洽谈,彻底给他平了反,恢复了党籍。她此来沿江屯,就是要亲自宣布地委对李占元作出的平反决定的。临来前,她向地委呈交了一份自己的离职申请书……

她走到沿江屯过去召集会的场院,见只有几位老头老太太和十几个半大孩子。老头老太太们安安静静地坐在小凳、木墩、砖块上。孩子们则在互相偷抛石子。

她皱了一下眉头,问引她走到这里的年轻人:"李占元夫妇为什么没来?"

他回答:"听说,他们夫妇进省城看儿子去了,他们的儿子在大学里谈了个对象……"

她面对那几个老头老太太和那些个孩子出了会儿神,断然地说:"麻烦你了,这个会今天暂时不开了。等以后,李占元夫妇回到沿江屯再开吧!"说罢,快步离开了场院。

就在那一天,省报上登载了一条消息——沿江屯养鸡致富的个体户李占元夫妇,偕同儿子及其女友,乘软卧前往南方,游览南方各大城市和名胜古迹……

至于沿江屯"屯志"的"续篇"和"新篇",据说是被省里的一位专业作家在不久前,花二十元钱从沿江屯一个贪小便宜的人手中买去了。反正这不比盗卖文物,也不犯法,没人追究。那位作家是否从中获得什么素材,是否写出了一本什么书,便不得而知,无可奉告了。

小菁

女人是时代的细节。往往,在被男人们所根本忽视的时代的褶皱里,女人确切地诠释了时代的许多副主题……如果,男人们已使时代越来越像戏剧了,那么,女人们作为"细节",请使时代有些文学性,有些诗性吧!起码,请使它像音乐 MTV 吧!……

"是表兄吗?"

"你是谁?"

"我是表妹……"

"拨错了吧?"

"表兄,听不出我的声音了?我是紫菁啊!"

"小菁呀,在哪儿呐?"

"北京……"

"出差?"

"不,不是出差……"

"怎么,离开深圳那家公司了?"

"没，没有……还在那儿干。表兄，我是专程回来见你的……我……我摊上事儿了！……"

"唔？……"

"我完了！我要垮了……我想见到你……行吗？……"

"当然行啊！什么时候来？"

"那我立刻去！你千万别出门，在家等我！……"

"好，我不出门。我在家等你……"

放下电话，我的创作思路被彻底打断。怔怔地坐了片刻，收起稿纸，期待紫菁。我和紫菁的"表兄妹"关系，其实是子虚乌有的。她和她的双胞胎姐姐紫荑，是秦老的一对儿宝贝女儿。秦老原是北京画院的油画家，由于众所周知的历史遭际，六十年代初被贬到了哈尔滨，在某群众文化馆接受"改造"。偶尔也被抬举，指令画点儿方针政策宣传画，比如节约粮食方面的、计划生育方面的、号召储蓄方面的、生产安全方面的。当年几乎到处都可见到他的画。公共汽车站、火车站、邮局、粮店、街道办公室，大小单位、大小工厂的会客室等等，到处都可见到。只不过没几个人知道都是他画的，所以那些画也就没给他带来过什么名气，当然更没带来过丝毫"经济利益"。指令他画，就够恩典他的了。不经指令，他是不大敢摆弄画笔、画板之类的。更多的时候，他是个"杂役"。收收发发，打扫室内外卫生，冲刷厕所，做过冬的煤球煤饼子，以及秋天帮着买菜，挨家挨户分菜，冬天早早地将各个房间的炉子生起火，烧好足够人们喝一天的开水。总之是个包揽了一切杂务的杂役，唯一的杂役。当年他四十三四岁，不知为什么仍是个单身汉。患了严重的胃病，面黄肌瘦的，看上去形销骨立，怪让人怜悯的，然而他内心里仍有股子不卑不亢的傲气。转化成"上等人"似的优越感，无字宣言般刻在他那张见棱见角的阴冷石碑型的脸上。 文化馆只发给他三十二元生活费，相当于工厂里刚满徒的一级工的工资。他吸烟，而且吸得很凶，三分之一的生活费被吸掉了，还有三分之一的生活费买药，剩下的三分之一才吃饭。至于衣服，也就只有一年又一年凑合着穿了。 几乎所有的外衣都在作画时染上了颜色，东一条黄西一块绿的。看见他作画情形的人都说——哪儿像画家呀，分明像位指挥家。画笔便像指挥棒，大挥大洒，最终没了件体面衣服是必然的。 人们背地里都叫他"秦相公"。大概是由于他那种落魄名人所竭力自保的穷酸狷士的风度吧。还有几句顺口溜形容他——远看是个讨饭的，近看是个捡破烂儿的，细看才看出是个画画儿的。 内心里暗暗欣赏他的画技的人，给续了一句——再细看是个出类拔萃的。不错，尽管他当年时乖命蹇，被时代归入"另册"，属于没有公民权的"多余公民"，但气质上却总有那么一股子超凡脱俗似的劲儿。

许多人不喜欢甚至反感他身上那股子劲儿。十之八九都是他的同行——一些被称作画家和一心想被称作画家的人。

"文化大革命"时，他们就沆瀣一气，合谋三番五次地批斗他。用他们的话说，是要"扫荡扫荡"他身上那股子"非无产阶级"的、非"人民大众"的"精神贵族劲儿"。结果是越"扫荡"反而越严重。他们无奈，最后宣布他为"永远不可改造"的什么什么"分子"，从此悻悻作罢。其实他自己也无奈。

当年我不过才是一个初中生。我认识他，是因我的一位小姨的关系。当年认我母亲作干姐的女人多，我的小姨便也多。认我母亲作干姐的女人，从二十多岁到四十多岁，形形色色，大抵都是些被命运压在社会最底层全没了什么挣扎希望的女人，也大抵都是些软弱善良的女人。"小姨"们之于我，不过是母亲笼而统之地丢给我的一种叫法儿。这里所提到的小姨，是当年我所有小姨中最年轻最漂亮的。她二十六岁，父亲是白俄罗斯人。但是她没见过她的父亲。在她出生前，他便被中国政府遣送回国了。于是泥牛入海，杳无音讯。据说那白俄罗斯男人，是苏维埃政权一直通缉的一位伯爵，一位反动诗人，被遣送回国时已经是六十多岁的老伯爵了。但这也就留下了世人对小姨母亲的一些诟病。都道是六十多岁的老家伙了，还能"种下个人"？指不定是怀上了哪一个"老毛子"的野种呐！于是那女人病故后，种种的诟病便强迫性地由我这一位小姨"继承"了。她母亲死时她十九岁。尽管她漂亮，却不可能成为任何"正派"的有前程的青年真挚追求的姑娘。当年像耗子眼馋一块奶油蛋糕似的觊觎她的美貌的，尽是些不务正业的坏小子、吊儿郎当的好色之徒，乃至流氓。我母亲怜悯她，几次找各级街道干部们替她求情，才使她有了份自食其力的工作，和我母亲一块儿在街道鞋帮厂上班。这一干就是七年。她原本是叫我母亲"婶儿"的，年龄大了几岁后，不知怎么，就改口叫我母亲"大姐"了。我对她的叫法，也便由"小娜姐"而变成"小姨"了……

她爱上了那个远看像讨饭的、近看像捡破烂儿的、细看才能看出是个画画儿的"秦相公"。

他们之间的缘分是一桶紫色的油漆。一天，他被指令在一条马路口画广告牌，站在两米多高的架子上，一不小心，碰掉了油漆桶。我小姨恰巧从架子旁路过，油漆桶砸在她肩上，半桶油漆泼了她遍身！

她瞧着衣服裤子上淋淋漓漓的紫色油漆，一时可就定在那儿了。

"秦相公"在架子上也傻眼了，冲下说了句"对不起"之类的话。

也不知她听到没有。总之她当时没抬头，一咧嘴，哇的一声就哭开了。

小姨不是个泼女人。如果是个泼女人，肯定破口大骂无疑了。小姨根本不会骂人。从没骂过人，便只有哭。一身油漆，怎么往家走啊？何况，那是她省吃俭用几个月，才攒够钱买的一套衣服，能不心疼么？心疼衣服加上不知所措，嘴咧得多么宽、哭得多么响就甭提了，用"号啕大哭"四字形容，是绝不为过的。

架子上的"秦相公"也已定在那儿了，也是不知所措到了极点。

她一哭，他似乎明白过来了，似乎知道自己该怎么做了……于是他从两米多高的架子上往下蹦。他穿的是一双破皮鞋。一只鞋的鞋跟儿，落在人行道沿儿上，但听"咔嚓"一声，他跌坐于地。

小姨吓了一大跳。以为又有什么更大的物件从架子上砸下，惊闪一步，定睛瞧时，不禁地就有点儿魂飞魄散——那一声"咔嚓"，竟是他小腿骨折断时发出的！白森森的一截骨头，刺出裤筒，鲜血喷射不止。

那"秦相公"看了看自己的腿，摸了一下那截骨头，扶着架子就往起站。他还硬是站了起来！他双手撑着架子，忍痛苦笑，彬彬有礼地对小姨说："姑娘，实在是冒犯了啊！我们文化馆离这儿不远，我带你去洗尽身上的油漆，再替你借套衣服换。染了的这一套，我保证还你……"小姨大惊失色，其声颤颤地说："哎呀你的腿呀！""秦相公"说："我的腿你就别管了。我惹的麻烦，我活该……"血流如注，与地上的油漆混在了一起。这片刻间，他的脸由于失血变得煞白了……那"秦相公"不自量力，居然想引着小姨往前走！双手刚一松开架子，又跌坐于地。小姨是那种对人温爱善良的女子，哪能就不管他呢？哪能就认为他活该呢？

她已顾不上哭自己了，脱了上衣往地上一扔，动手又动牙，从裤筒撕下一条布替那"秦相公"扎腿，随即背起他往医院跑。当年马路上只有公共汽车，根本就没有"出租车"这一说，她也只有背起他就往医院跑。三四站路，跑跑歇歇，尽管他是个形销骨立的男人，但她毕竟是弱如柔柳的女子，不是车，才跑了两站多便晕倒了。是另外一些好心人将"秦相公"送到医院的……

那天她没回自己家，穿着不知哪一位路人的一件上衣，一件肥大的劳动布上衣，傍晚到了我家。

小姨一进我家门，见了我母亲，一头扑进我母亲怀里，可就又哭开了。我家不是马路，哭得没了顾虑，便哭得委屈极了，仿佛那一天被人欺辱了一百多次似的。弄得我母亲身上也尽是紫色的油漆。

我母亲也大惊失色，以为她真的被流氓欺辱了。待听她讲完经过，我母亲就笑了。母亲夸她那么做是对的。母亲说人家泼到你身上的不过是油漆，可人家为了向你道歉，从那么老高往下蹦，还摔断了腿，流了那么多血，抵得过人家的错儿了，何况人家也不是存心的……

小姨说她为他还丢死人了呢！当时心里一急，脱了泼满油漆的上衣就往地上一扔，全忘了自己上衣里什么都没穿，只不过是一副乳罩。那样子背着个大男人当街疯跑，成什么样子啊！……

母亲就推开了她，更加笑得哈哈的了。

母亲笑够了，说善有善报，说小姨那样子背着一个大男人当街疯跑，活脱就是一位能救人于危难的女菩萨的样子嘛！菩萨行善之时是不知什么害羞不害羞的，要不然还叫菩萨么？

小姨便红了脸，反而顿时羞得无地自容了。她眼泪涟涟地说："我又不是什么菩萨，我是个没结婚的大姑娘呀！"

母亲说："我还不知道你是个没结婚的大姑娘！你平时背得动一个男人么？就算背得动，跑得起来么？就算也跑得起来，能跑两三站路远么？还不是有真菩萨暗中助你？人在行善之时，离菩萨就极近了。行善是菩萨给人的机会。菩萨不但给了你修好行善的机会，还暗中助你,足见是你命里的造化了!快别哭,哭恼了菩萨将是你一辈子的后悔事儿!"

小姨便赶紧抹尽了泪,不敢再哭。

而母亲则忙碌着弄水,为小姨洗头发洗身子。那是油漆,不是画色,只用水哪里洗得去!于是母亲又东家西家求讨洋油、灯油、缝纫机的机油、擦自行车的油,这种油那种油,总算凑了一大碗。母亲就用棉花蘸着替小姨去掉身上的油漆。身上的油漆去尽了,那一大碗洋油也变了色了,稠了,没法儿再用来洗头发了。

于是母亲只好动剪刀,将小姨被油漆粘成片儿了的秀发一缕缕剪下……

于是小姨又哭,因心疼自己的一头秀发而哭,并且喃喃地骂那个"秦相公"是"作孽的王八蛋男人"。

不但骂是"作孽的王八蛋男人",还骂他是"断子绝孙"的、"不得善终"的、"不定哪天会被汽车撞死"的,全不管菩萨恼不恼了……

被赶出家门的我,从窗外朝屋里偷窥,也着实地替小姨心疼她那一头又黑又浓的秀发,也在心里愤恨无比地重复小姨和母亲骂"秦相公"的那些话……

那天小姨变成了眉清目秀的"小生"。

小姨说她这样子,可怎么上班啊?

母亲批评她太想不开,说还有那么多剃"鬼头"的呢!说"造反有理"的女子,不都是剪短发的么?

而我却觉得小姨头发短了,突显得脸庞更俊俏了……

两三天后的一个大清早,小姨又到我家来了,双眼红红的,一副熬了夜的样子。她哭丧着脸,对我母亲哀求着说:"大姐,你替我到医院去看看那个断子绝孙的男人吧!"

母亲困惑之极地瞪着她,似乎心生疑窦,板起脸拖着长音"嗯"了一声。

小姨则低垂下头,嘟哝着说她一夜不断地做噩梦,梦见那个"断子绝孙"的男人由于失血过多死了。他的鬼魂闯入她梦中,一次次请她原谅,搞得她闭上眼就害怕,睁开眼更害怕……

母亲没好气地抢白她,说你一个劲儿咒他"断子绝孙",证明你心里恨他,既恨他,还关心他的死活干吗?他若真死了,不是正解你的恨了么?

小姨说活生生的一个人,不是十恶不赦的罪犯,还是别死好啊!如果由于她的原因死了,她岂不等于变相地欠下人家老婆孩子一条命么?那不就是她这辈子也别想去掉的一块心病了么?

小姨哀哀地央求母亲。

母亲拗她不过,只有答应。

母亲从医院回来之后告诉小姨,那"断子绝孙"的男人,也就是"秦相公",腿骨被接上了,但的确失血过多,身体虚弱,需要输血。但是文化馆的大多数人,都不愿为他献血。讲阶级立场、阶级感情的年月,谁愿给一个被改造对象输血啊!有几个平日里并不歧视他甚至还对他暗怀几分敬重的人偷偷到医院去献过血,但都因血型不符,白去了……

于是小姨为之戚然,说这"画画的人"也真值得同情。还悔恨得泪汪汪的,说自己当时要是不哭就好了。不哭,人家也不至于从那么高的架子上急得往下蹦。不过是泼了一身油漆,又不是泼了一身开水,烫得皮开肉绽的,哭什么呢?

母亲就反过来劝她,说算了算了,你也犯不着太责备自己,一句都没骂他,光自己哭还过分啊?

以后的三个月里，小姨又来过我家几次，但是再也没对母亲提起过"秦相公"。母亲也没对小姨提起过。显然，她们都渐渐地把那"王八蛋男人"忘了……

转眼入冬了，下第一场雪了。

就在那天中午，一个披了两肩厚厚的雪花的陌生男人出现在我家门口——没戴棉帽子，乱蓬蓬的头发上也落满了厚厚的雪，项上围了条多处打补丁的长围巾，围巾再长也护不住耳朵，两耳冻得通红通红，对襟的袄罩，花得像"迷彩服"似的，没穿棉裤，双脚踩在深雪中。他就是"秦相公"，腋下夹着个布包儿。

他是到我家来找小姨的。

他当然并不知道小姨姓甚名谁。事实上他被送入医院后，再也没见过小姨。出了院，他逢人便打听自己救命恩人的下落。"一个有白俄罗斯血统的姑娘。头发虽然是黑的，但眼睛是蓝的，又大又忧郁，而且目光善良。脸庞很白，是很美的一个姑娘"——我猜他大致上就是这么向人们描述我的小姨的。这些特征都很分明，所以有人指点他找到了母亲和小姨上班的那小小的街道鞋帮厂。那天，小姨因病没到厂里去。厂里的女人们都知道小姨跟我母亲最知心，指点他找到了我家。

母亲将他请进家门后我发现，他脚上穿的竟是一双单皮鞋。更准确地说，是一双鞋面儿透孔的凉皮鞋。内里各垫了一块革，颜色不一致，左脚的鞋内垫的是白色的，右脚的鞋内垫的是黄色的。我想，他的双脚也肯定冻得和耳朵一样了。他当时那副样子，如果戴上一顶高高的"小丑帽"，就与我看过的一册连环画上的"花衣吹喇叭人"差不太多了……

母亲也发现了他脚上穿的是一双凉皮鞋。母亲当时看着他的那种表情，比我的表情还惊诧十分。母亲甚至惊诧得有些不知怎么样接待他，客客气气地给他倒了杯水，却忘了请他坐下。

我提醒母亲："妈，你倒是让人家坐下呀！"

母亲才猛省地说："真是的，快请坐，快请坐。"他刚坐下，母亲却问："你腿……彻底好了么？"

他说好了，行动自如了，说着站起，在母亲面前来回走了几步，走得一拐一拐的。他说就是当时接骨的大夫太不认真了，结果接得短了半寸。又苦笑着说："短就短吧，给接上了就不错。我这种人，有什么资格提过高的要求啊！那不是太没有自知之明了么？"

母亲就不禁地问："你是哪种人啊？"——其实母亲是明知故问，企图对他了解得更多些罢了。

他又苦笑了，以淡淡的、半认真不认真的口吻说自己从前是北京人，算是名人；如今是哈尔滨人，算是"五种人"边缘上的一种人；以后是哪儿的人，算是什么人，自己就完全不知道。说连这一点，也是自己"没资格"去想的……

于是母亲脸上，就不但有惊诧的表情，而且还有怜悯的表情了。

他打开布包，原来里边是一套崭新的"哔叽"女装。在当年，估计那一套女装，少说也得一百五十多元。一百五十多元，在当年是数目不小的一笔钱了，比一位局长一个月的工资还要多几十元。他说是赔我小姨的，说"君子一言，驷马难追"等等。

母亲就咂舌起来。母亲说我小姨被油漆染毁了的那套衣服，不过是"的卡"的，不过才五六十元钱，哪值得赔一套"哔叽"女装啊！说小姨肯定不会收下，自己当然也不能自作主张地替小姨收下……

他急了，说他费尽周折才找到能替自己的救命恩人收下之人，不收哪儿行啊！不是不愿成全他的一片真心实意么？母亲还是不肯替小姨收下。母亲说:"你也别张口救命恩人闭口救命恩人的,谁在当时那种危急情况下,都是不能无动于衷的呀!……"他说那姑娘还到医院去为他输过血呢!母亲就瞪大了眼睛,说:"什么?她?……为你输血?……"仿佛根本不相信他的话。他说:"是真的。衔人之恩,当誓心以报。而我又不知究竟该怎么报答才好。拖久不报,倒会成为我放不下的一件事儿。"他说他最不愿欠下别人什么恩德,倒莫如早报早了。他说他也不是个有钱人,每月才三十二元生活费,哪里买得起一百五十多元的一套衣服,是将父辈留给他的一块老外国名表卖了。这还不够买,又各处去做了些日子的临时工,才凑足钱……

母亲说:"你?拖着条半残的腿,还各处去做临时工?"

他说人嘛,应该什么困难都能克服。说我小姨是他所碰到的最善良的好姑娘。说他对我小姨的身世,也从别人的口中获得了些了解。说一个善良的好姑娘,结婚时理应有一套体面的礼服。说母亲如果肯替小姨收下,他心里就会感到无限快乐,仿佛生活中充满了明媚的阳光等等。

我很爱听他说的那些话。我母亲也分明很爱听。他见我母亲的态度由坚拒而表示理解,便郑重其事地向我母亲深鞠一躬,感激之至地说:"那就拜托了!"

我和母亲从窗子里望着他一步步踏着深雪,一拐一拐地走远。母亲沉思地说:"这个人啊!这个人可真是的……"

我说:"他准是黄鼠狼给鸡拜年,没安好心!"

母亲倏地向我转过脸,探究似地瞪我。

我又说:"明摆着,他准是见我小姨漂亮,想入非非,煞费苦心前来讨好的!还故意装出又真诚又可怜兮兮的样子……"

"不许胡说!"——母亲严厉地打断了我的话,随即教训道,"你能分出什么好人坏人？他肯定是个大好人！妈的眼睛才不会看错！唉，大冬天的，又下着雪，也忘了找双棉鞋让他换上了……"

当母亲将那套"哔叽"女装转交给小姨时，小姨立刻就急出了眼泪，一副又要马上哭起来的模样，急赤白脸地埋怨我母亲："大姐你好糊涂哇！你怎么能替我收下人家这么贵的一套衣服呢！你不是说行善积德人就离菩萨近了么？菩萨也收财礼的么？"

母亲就连连拍着手抢白她："嚯，嚯，把你了不起的！你是菩萨么？就敢大言不惭地和菩萨相提并论了？一套'哔叽'衣服算什么？你不是瞒着我偷偷到医院去为他献血了么？彼此没情没义的，他又不是位什么英雄，连工伤都算不上，你为他献的哪份儿血？干吗白为他献血？……"

小姨张口结舌，吭吭哧哧地一时无言以对了。

母亲又说："菩萨也是收财礼的！要不他们蛊惑人们为他们烧香上供，修庙盖寺？"小姨就真的哭起来了，抽抽泣泣地说："大姐我不跟你理论了，我说不过你。你胡搅蛮缠！"

于是母亲笑了。母亲说："你可真是个动不动就爱哭的'林妹妹'！别哭了别哭了，我成心逗你呐！"

于是母亲就将那"秦相公"怎么找到我家的、怎么请求母亲收下、母亲又怎么拒绝的、怎么最终还是被他的话打动了心的过程，讲书说戏似的，绘声绘色一一道来……

小姨听得一声长叹接一声长叹，反复只说一句话——这个男人啊，这个男人啊，这个男人啊……

一套"哔叽"女装，那"秦相公"心里从此没事了，不觉得欠别人什么了。小姨心里却从此平添了一桩没法儿忘、没法儿解决的事儿。她几乎想还了去，可一来怕伤害"秦相公"那么一个古怪男人的自尊,二来不好意思再见他;索性不还呢,又觉得仿佛昧了别人什么东西似的……

转眼冬天也过去了,春天来了。春天过去得更快,夏天接着来了。有天小姨有了好兴致,让我陪她去市里逛街。我突然发现"小姨"在一块巨大的宣传板上。我指着说:"小姨,你看你看!"小姨举目望去,脸唰地红到了脖子。她低声说:"别乱指,也别乱嚷嚷,就装是瞎子,没看见!"一边说,一边扯着我低了头急走。可我不是瞎子啊!我又大惊小怪地指着说:"小姨你再看那儿,再看那儿!"一路之上,五六块巨大的宣传板上,画的都是小姨!穿军装的小姨,农民打扮的小姨,工人打扮的小姨。我取笑说:"小姨,你可成了名人了!"

小姨生气了,一下子甩开我手,又羞又恼地说:"叫你别乱指别乱嚷嚷,你还乱指乱嚷嚷!不和你走一块儿了!你走你的,我走我的!……"

小姨说着脚步更急,撇下我独自进了一家百货公司。我跟进百货公司,猛见迎面一块宣传板上,画的又是小姨!我直想笑,直想指着嚷着告诉小姨。可是终究不敢,因为我看出小姨是真的生气了。分明的,她自己也望见那个自己了。因为她不抬头地一路走过去,接连撞在几个人身上……

但小姨到底没躲过去,一个胖女人指着小姨喊了起来:"都看呀都看呀!宣传板上画的差不多都是她!……"于是小姨就被人们围住了,顿时成了男女老少的观赏目标。于是我挺身而出,扯着小姨,分开众人,仓皇而逃……

我和小姨在路上也不敢放慢脚步,恐小姨又被什么人指认出来,气喘吁吁地往前跑,如同后面有一百条凶狗在追着……

小姨又在我母亲跟前哭了一场。此次可是一场非同小可的放声大哭！哭得别提有多么绝望了！因为她觉得自己从此没法儿出现在闹市区了，没法儿逛街了。而逛街，乃是小姨的一大快事呢！于是那"秦相公"，在小姨伴随着哭泣的诅咒中，又成了个"王八蛋男人"、"断子绝孙"的、"不得善终"的、不定什么时候准被汽车轧死的……

母亲问："是真的么？"

我说："当然是真的，那还有假！"

于是母亲指着小姨自言自语："唉，缘啊！是缘就没辙了。事儿还没完呢，重场戏还在其后呀！"

小姨连连跺脚："屁缘！屁缘！我恨他！恨死他了！……"

我第一次从小姨的话中听到一个脏字儿。以往，别人的话中带出脏字儿，小姨要么红了脸低下头，要么会一转身避开。小姨立马逼着母亲替她当天就将那套"哔叽"女装去还给那"秦相公"，还要求母亲替她当面痛骂他一顿。

母亲则好言相哄，像哄一个孩子，一迭声地说："行，行，谁叫我是你大姐呢！你怎么解气，我怎么治他！可也得大姐我哪一天腾出工夫啊！……"

没等到母亲替小姨去还那套"哔叽"女装，替小姨去当面痛骂那"秦相公"，他就"恶有恶报""引火烧身"，被游斗了，罪名是"趁画无产阶级宣传板之机，满足个人好色之心"。那几个月哈市的两大造反派达成"休战协议"，双方都比较消停，都没闹出过什么动静。于是，普通的市民反而滋生了一种寂寞心理。于是那"秦相公"，成了"众矢之的"。用今天的说法，可谓之曰"热点人物"。他的"行径"，也似乎便具有了"万炮齐轰"的"革命"价值。这一派游斗完了，那一派又拖了去接着游斗，有时两派还联合对他进行声势浩大的游斗。工人阶级游斗过了，大学生游斗，大学生游斗过了，高中生、初中生继承之。反正没有太新的什么"阶级斗争新动向"。到"秦相公"这里，终于有点儿由头，得使人们尽兴……

我碰到过游斗他的情形。

"你画的宣传画上为什么都是同一张女人的脸？"

"她善良。我感谢她，心不由己。你们不喜欢她，可以涂掉，指派另一个人重画嘛！"

"这么说你喜欢她了？！"

"我是画家，当然喜欢一切的美。"

"狡辩！你分明是好色之心公然大暴露！"

"好色之心人皆有之。我好色而不无赖，所以一点儿也不觉得可耻，更不认为自己有罪。"

于是，挨皮带抽，大受皮肉之苦。

我将我看到的情形告诉了小姨，也将他的话学给小姨听。

"他们用皮带很凶地抽他么？"

"对。很凶地抽他。一皮带下去，白小褂上一道血印子。"

"还羞辱他？"

"还羞辱他，往他头上戴高帽子。高帽子上写着'好色之徒'四个字。他把高帽子摘下来扔在地上，用脚踩，就又挨了一顿抽。"

我想小姨她听了一定非常解恨。不料小姨她听了很忧伤，低了头一声不吭，分明是内心大受震动。后来小姨就双手捂脸，抑制不住地嘤嘤哭泣。

我说："小姨，你又哭什么啊？我告诉你，是为了使你高兴的啊！"小姨泪眼盈盈，恼怒地瞪着我训斥："你告诉我这些，我能不哭么？我能高兴么？我若高兴，我还算是个人么？……"

当天晚上，小姨把我从家里带出去，走到一个僻静的地方，凄凄地说:"小姨求你件事儿。"

我说:"小姨你要我替你办事儿,还用求么?"

小姨说:"那你先发誓,别告诉你妈。"

于是我就发了一个重誓。

"我想见见那个人。"

"谁?"

"那个断子绝孙的男人,就是那个画画儿的。你去把他找到鞋帮厂来,就说我在那儿等他,行么?"

月光下,小姨的脸是那么的圣洁,那么的美。我顿时被一种解释不清的原因感动了。我以完全值得信赖的口吻说:"行!"

我找到"秦相公"时,他正光着上身,对着一面破镜子,往一道道伤痕上抹红药水儿、紫药水儿。对我替小姨向他当面发出"邀请",没立刻表态。听我说时,并不欢喜,更未受宠若惊。表情冷淡,一副无动于衷的样子。

我说:"爱去不去,不去拉倒!"一转身欲走时,被他叫住了。

他笑着说:"你脾气倒不小。先给我后背抹药。"

我犹豫了一下,接过了药瓶和棉花。我一边替他往后背上抹药,一边说:"我是你,就老老实实低头认罪,好汉不吃眼前亏嘛!"

他叹了口气说:"我不是好汉啊!"他穿上衣服后才又说:"回去告诉你小姨,一切请她多原谅。但是她又何必见我呢!我不需要别人同情。"

"原来你不想去?"我火了,大叫,"我白为你上药了么?"于是就开始骂他。骂他"胆小鬼",骂他"伪君子",指责他惹动了我小姨对他的好心,又企图变相伤害我小姨的自尊,真真是个"王八蛋男人"!

我骂着,他默默听着。听着听着,他渐渐地笑了。于是他换了件干净点的衣服,照着镜子用五指拢了拢蓬乱的头发,朝我肩上一拍,严肃地说:"我虽然不是好汉,可也不是胆小鬼,不是伪君子,不是个王八蛋男人。走吧,我跟你去见你小姨,尽管我最不愿意被别人尤其被一个姑娘可怜。我不需要她的同情,真的。以后你最好能使你小姨明白这一点!"

……

我翻进鞋帮厂院子,从里面打开门,放进小姨和"秦相公",自己守在院外替他们"放哨"……那天晚上的月亮白晃晃的,又大又圆。小姨和"秦相公"在一起待了很久。我从门缝偷窥,见"秦相公"斜靠着一摞木料吸烟,小姨低头坐在他对面的小凳上。他们就那么一问一答地说话。后来,我第二次、第三次把小姨和"秦相公"带到鞋帮厂的院子里……再后来,就没我什么事儿了,但是我知道小姨又和"秦相公"约会了许多次……

中秋节那天晚上,小姨在我家吃过晚饭后,故作镇定地望着我母亲说:"大姐,我要结婚。"

我母亲并没惊讶,也望着她,以充满温暖的口吻问:"什么时候?"

小姨说:"越快越好。日子希望由大姐来替我们定。"

我母亲说:"你还没告诉我要跟谁结婚呐。"

小姨说:"大姐我瞒了你这么久,你可别怪我……我想和他呗!……"

母亲又问:"他是谁啊?"

小姨说:"他……就是,就是……"

母亲则笑了,以更加温暖的口吻说:"得啦得啦,我心里早有数了。送给你的结婚礼物都准备下了,就等着你自己向我坦白这一天呢!……"

小姨瞪了我一眼，害羞地低下了头。

我立刻声明："小姨我没出卖过你！"

母亲也作证："你别瞪他，他没告诉我什么。不过你自己可得想好，结婚不是儿戏，结了又后悔，委屈的可是你自己。"

小姨义无反顾地说："他是好人。嫁好人，我哪怕苦一辈子也不后悔！"

在母亲的操办下，小姨就和"秦相公"简简单单地结了婚。一个外人都没请。主婚人是母亲。我和弟弟妹妹们是宾客。我家里里外外，那一天收拾得规规矩矩、干干净净。"秦相公"理了发，刮了胡子。小姨穿上了那套"哔叽"女装。小姨显得异乎寻常的美丽自不待言。"秦相公"稍修边幅，却原来也是个仪表堂堂、斯文儒雅的男人。"秦相公"幸福得不知拿自己怎么办才好，一会儿引吭高歌，唱毛主席的诗词歌曲，唱《三套车》，唱《大草原》；一会儿跳"马刀舞"，跳"踢踏舞"。地方小，即使跳不开他也跳得那么欢。小姨深情地、目不转睛地望着他，脸儿幸福得像红玫瑰似的，眼睛闪闪发亮……

他们因为没新房，就暂时就住在我家小外屋……

半年后，他们在郊区租到了一间租金非常便宜的泥草房。

一年后，小姨怀孕了。

小姨生下一对双胞胎女儿后没几分钟就死在产床上了，死因不是很清楚。当年"秦相公"也没"资格"替我小姨的死讨个清清楚楚明明白白的说法。

他给他的双胞胎女儿起名紫菁、紫荨。"紫"字是为怀念我小姨。小姨酷爱紫色。而他一直认为，他们的缘分，是由泼在她身上那一桶紫色油漆所定。"菁"和"荨"，都是开小黄花的某种植物，可入药。

他经常一大碗一大碗喝的治胃病的中药汤中,就有这两味。因了小姨的死,他悲痛欲绝,哪有什么心思动脑筋为一对女儿起更好的名字! 一念既生,胡乱起了就是了……

紫菁、紫荨小时候,我抱过她们,哄过她们玩儿,还替她们的父亲,为她们擦过屎尿,洗过屎布片儿、尿布片儿什么的。我下乡后,自己挣钱了,每次探家,总要去看她们,给她们买衣服,买鞋,买玩具和她们爱吃的核桃酥。以年龄差别而论,其实她们更应该叫我"叔叔",但由于我和小姨之间的辈分关系,我就只能由她们一厢情愿地叫我"表兄"了。"兄"当然也就是哥。她们的父亲却不许她们叫我"表哥",不厌其烦地纠正她们,要求她们一定要叫我"表兄",可能是为我着想。从接受心理而言,"表兄"二字听来,似乎确比"表哥"二字尊意多了几分似的。"叔叔"也罢,"表兄"也罢,"表哥"也罢,其实由她们怎么叫,我都是不大在乎的。我和小姨之间的辈分关系,原本就是由她和我母亲之间的辈分关系所变,将错就错的。都属世人之间非亲非戚的另一种亲近关系,关系的质量为主,称呼的形式是认真不得的。总而言之,我从十八九岁起,就开始被一对咿呀学语的小丫头嘴甜口乖地叫"表兄"了。一直叫到我自己做了父亲,她们的父亲带她们迁居北京,她们长成了两个亭亭玉立的大姑娘。一直叫到现在。

而我对她们的父亲的称呼,二十余年间却一次次演变。起初当然是冲着小姨叫他"姨父"的。当年我们叫他"姨父"时总不免有点儿害羞,他也有点儿腼腆。我解释不清自己为什么害羞,更不明白他为什么有点腼腆。小姨死后,从某一天起,我就不再叫他"姨父",而叫他"老秦"了。记得当时他一愣,随即说:"行行,还是叫我'老秦'好。你叫着不别扭,我也能听得惯。"而我不再叫他"姨父"改叫他"老秦",并没别的什么难言之隐,只不过怕由一个"姨"字,每每地勾得他怀念故人罢了。但是我从没向他表白过这一点。"落实政策"以后,我知道他当年原是北京画界的一位才子,便对他不免有点儿诚惶诚恐起来。凭着小姨这层莫须有的关系再叫他"姨父",已是"荒废"了的一种叫法,重新"起用"怕有攀附之嫌;继续叫他"老秦"吧,又未免口气太大了点儿,于是按北京一些和我年龄差不多的人的叫法,敬称他"秦老师"了。他曾表示过异议,说我怎么又变成你的"秦老师"了呢?我说入乡随俗,你周围的年轻人,不都是这么叫你的么?他后来也就默认了。一迁居到北京,他就开始蓄须了,不久便是一位"美髯公"了。然而在本行方面,却没能再显露过当年光芒四射的才气。几十年不深研艺术,只画广告,后来连广告也不许画了,当年光芒四射的才气,早已渐渐消退了,不过为他挣得了个一级美术家的头衔罢了。他明白这一点,所以也不和自己硬过不去,渐渐闭门谢客,做起与名利无涉的"寓公"来。于是我又冲着他的"美髯"叫他"秦老"。他却没提出过什么异议。其实那时他已患了老年痴呆症。

刚过七十岁他就死了。

他死后,一对女儿,一个去了英国,一个去了加拿大。时代不同了,女孩子们都变成"野鸽子"了。但凡长得有几分标致,学上几句外语,没有不想出国闯闯的。究竟她们中的哪一个去了英国,哪一个去了加拿大,我从没搞清楚过。她们在国外时,每逢元旦,照例寄漂亮的贺年卡给我。后来其中的一个,也就是紫菁,在国外挣到了一笔可观的外汇,踌躇满志、意气风发地回国了。

紫菁在北京的日子,常到我家来"骚扰"。来了就闹上半天一天的。带来的主要"项目"往往是做菜。又往往是刚从别人那儿学来,或翻菜谱时产生的突发奇想,到我家"实习"。

有次我说:"紫菁啊,你怎么不在自己家大显身手啊?"

她说:"自己家就自己,大显身手给谁看呀?自己一个人做一个人吃,无人喝彩多没意思!"

其实在我家里为她喝彩的也不多。我和我儿子对她的厨艺都不敢恭维,只有我妻子常常予以勉励。只要有人替她下厨,她一向是拱手让权的,而且每每装出自愧弗如的模样。

有次我对妻子提出抗议——我说小菁那丫头的厨艺,根本不值得予以勉励嘛!

她说:"提携后进是美德,勉励使这美德发扬光大。"

我常向她讲她们的父母当年的"爱情进行曲"。但这却是小菁最不爱听的。我一提起,她就紧捂耳朵嚷:"受不了受不了。哪辈子的事儿了!表兄,你当年对我妈妈有一种早恋情结吧?要不一提起我妈就情意绵绵的!……"

她常使我在妻子面前大为难堪。

像退烧似的,小菁那股子对烹调的狂热的爱好不久便烟消云散了。那是一种不必服药就可自行了结的"疟疾"。

她的"爱好"转向了当老板一方面。这对我是幸运的,因为我的胃口不必再受她的厨艺的考验了;对她是前途无量的,当老板自然比当女厨子大有出息,于是我高度评价她的新"爱好",并极力怂恿她去南方。南方是形形色色的五花八门的老板们的摇篮嘛。

于是她便义无反顾、破釜沉舟地告别了我们去南方圆她的老板梦去了。

她先去的深圳,后去的海南。因为据她"考察",在深圳当老板的机会差不多已被垄断光了。她在长途电话里对我们说,据她了解,据她分析，海南至少还空白着三成当老板的机会没被垄断。我不知她得出此结论的根据是什么，也并没在电话里和她"商榷"过。有些时候，有些问题，"商榷"不就等于"抬杠"么？

她在海南确乎是当过小老板的，赔了几万元钱就明智地悬崖勒马不当了。她在来信中说当老板的感觉其实一点儿也不好，说当老板最不愉快之处是每到月底必须从自己的腰包里分出钱给别人。于是她又当白领打工妹了，她说其实还是这种感觉好，再也不担心到时候自己腰包里没钱分给别人了……

渐渐地，信也来得少了。由每年七八封而四五封到最后一封，还是打印的。信上说希望朋友们别忘记她、多给她去信云云，表扬自己成熟了、理性了、为人处事豁达老练了等等。打印的信，更确切地说是打印的纸条，照例总是夹在贺年卡里一并寄来。

屈指一算，我已经三年没见到小菁了……

她来了。

比三年前略胖了些，也就真显得成熟了些似的。秀丽的脸上隐隐透露出理性气质，那分明是些人生坎坷的痕迹，也许还是些心理或情感重创留下的痕迹。

我说："小菁，你变成女人了。"

她说："我都二十六岁了，还不变成女人啊！"

我觉得她的话意味深长。她一坐下，就从自己小包里翻出烟大模大样地吸起来。

我问："学会吸烟了？"

她说："烟是女人自卫的武器之一。"

我说："这话从何谈起？"

她说："好色的男人不太敢对会吸烟的女人轻举妄动。他们常觉得吸烟的女人不太好对付。"

我不禁笑了。我说："小菁，你这话不至于也是针对我而言的吧？"

她也笑了。她说："表兄，那我还着急上火地赶到你这儿来么？"她那笑容很快就从脸上消失了。忽然她按灭烟，双手捂脸哭了。

我望着她，口吻相当严肃地问："小菁，究竟发生了什么事儿？你没犯法吧？"

她双手捂脸摇了摇头。

我终于放心了。我说："没犯法就好，那么讲吧，不管哪种为难的事儿，我和你表嫂都愿意替你分担一些。你摊上的事儿就等于我们摊上的事儿……"

"小荨死了……"她哭得更伤心了。

小菁告诉我——小荨是在国外遭遇车祸不幸身亡。"她当时没有死，被抢救过来了。她在医院里给我发出了一封信。可是信发出的第二天，她全身血液感染，伤势急剧恶化，三天后就……"小菁伤心得说不下去了。

我也顿时陷入了悲伤。在我的记忆中，小荨的性情与小菁的性情截然相反，尽管她们长得几乎一模一样。说来别人也许不相信，她们的父亲在世时，一向要求她们穿不同的衣服，为的是从衣服的差别，能一眼分辨出一对双胞胎女儿。而我，则一向是从她们的性情分辨她们的。

如果我到她们家去，一进门，首先跃起，以夸张的表情和热烈的话语显出高兴劲的，便准是小菁无疑了。小荨却每每冲我无言一笑，接着就会为我沏一杯茶，并将烟盒、烟灰缸摆在我面前，同时家长似地教训小菁："稳重点儿行不行？别总跟表兄没大没小的！"

如果她们到我家，敲门的，必是小荨，首先进门的却肯定是小菁。

我或妻子为她们开门后，敲门的小荨总是习惯地闪在一旁，礼让着小菁。而小菁往往视其礼让为天经地义的事儿似的。

小荨内向、娴静、温良而又斯文，在小菁面前，永远不失长姐风范。虽然她只不过比小菁早出生半个多小时……说心里话，两个"表妹"之中，我是更偏爱小荨一些的。

我觉得眼泪已淌在脸上了。我去洗了把脸，重又坐在小菁对面时说："小菁，你要想开点儿。人死不能复生，节哀吧。"

她说："我是这么劝我自己的。"她沉默了片刻，又说："可我……可我……我陷入爱情了，没法儿自拔了！……"她将一封信抛在茶几上，也双手捂脸冲出房间去。在哗哗的放水声中，在小菁的洗脸声中，我看完了那一封信。是小荨从国外寄给小菁的信，很短。抄录如下：

小菁：

　　亲爱的妹妹！这可能是姐姐写给你的最后一封信了。当你收到这封信时，姐姐也许已不在人世了。

　　本月的十七日至二十二日这六天里，将有一位台湾的小伙子逗留在北京。他是美国哈佛大学的一名化学博士生。我和他是在飞机上结识的。几年中我和他互通了四十余封信。四十余封信已使我们都深深地爱上了对方。他本来应该成为你的可敬的姐夫。命运无情，他显然做不成你的姐夫了。我们早已约定，在同样的时间内，我也赶回北京，陪他在北京度过幸福的六天。现在我永远也回不了北京了。我想象得出，他如果获知我已不在世这一实情，我们早就企盼着的日子，一定会成为他最悲痛的日子。

　　我请求你，我亲爱的妹妹代替我陪伴他六天，使他在这六天里获得他应该获得的那份儿幸福。姐姐将在另一个世界万分地感激你。以后,在你认为最合适的时候,你再写信将实情告知他吧!

姐姐小荸临终拜托

小菁洗过脸,情绪似乎冷静了许多。见我手中仍拿着信,坐在我对面,一时显得有几分拘谨,也有几分觉得羞耻似的。她低垂着头,将湿漉漉的手绢儿一角往手指上缠。

"你爱上了那个……那个你姐姐爱过的男人?……"

她微微点了一下头。

"在短短的六天里?"

她又微微点了一下头。我一时反而不知再问什么好,也不知再说什么好。怔怔地,似乎只有望着她发愣。我吸烟。她继续将手绢儿一角往指上缠。我在想——她千万可别征求我的意见。因为我对此事根本没什么意见可供她参考。与她的姐姐小荸和对方由几年的时间四十余封通信建立起来的爱情相比,她六天内便坠入情网,未免有些太轻率了。我不可能违心地说些极力劝和的话,却也不愿说什么极力反对的话。

小菁她终于抬起头,直视着我说:"表兄你觉得我太荒唐了是不是?"

我说:"我并不那么认为。"

她说:"表兄你肯定是那么认为的。你肯定还在内心里很鄙视我。"

我说:"没有的事儿,小菁我为什么要鄙视你呢?"

她说:"我姐姐死了,我本来应该万分悲痛才对是不是?我也确实是万分悲痛的。父亲死后,姐姐便是我在这个世界上最亲的亲人了。我为姐姐哭过几次。人在悲痛万分的日子里,尤其一个女人,是不太会感情很强烈地爱上一个人的。这是普遍的规律,我知道这一点,也承认这一规律。可我却还是爱上他了。和他在一起的这六天里,我时时刻刻地告诫自己,千万不要爱上他,不应该爱上他。起码,爱上他是不自然的,是与人之常情相悖的。可结果还是爱上了。所以我拿自己丝毫也没办法了……"

我问:"小菁,你是不是觉得小萍有这个意思?"

她问:"你指的是什么意思?"

我说:"就是……你觉得从小萍的信中,可以看出对你的某种暗示吗?你认为姐姐希望你和她爱过的男人之间,也发生爱情么?……"

"表兄,你是不是在问我——我爱他有没有可能纯粹由于心理作用?"

我说:"是的。"

"不。表兄你别忘了。我早已经不是当年的大女孩儿了。而且我自修过大学心理学。我分析过我自己,像分析一例心理学命题一样认认真真地、力求客观地分析过我自己。可结论恰恰相反。我越分析越明白,我的的确确是爱上了他。这种爱中不包含任何受外因影响的心理作用。再说姐姐她也不是那种人……"

"哪种人?"

"那种企图通过暗示影响别人的人。姐姐的信我已经看过许多遍,我没看出任何暗示。所以我的心理也没受到任何暗示的影响。再说这是姐姐求别人代笔写给我的最后一封信,临终前的诀别信。如果姐姐对我有什么愿望,她根本不必用什么暗示的方式,她会对我坦率直言的。她完全是为她曾经深爱过的一个男人考虑,希望由我替代她,在六天内给那个男人以幸福,将那个男人不得不承受的悲哀延缓到六天以后的某个日子……"

小菁眼眶里又充满了泪水。

"这六天,你都和他在一起?"

"差不多。"

"都怎么度过的?"

"陪他玩儿。到处观光,逛商店、书店。看国产电影,听音乐会。"

"每天二十四小时形影不离?"

"我没和他上过床!"

"小菁,你怎么这么回答我?"

"你问的就是这个意思。他住宾馆,而我住家里。我到他的宾馆房间里去过,他也到我家里去过……"

"你的意思是使我相信,你们既亲密无间又相敬如宾?"

"是的!既亲密无间又相敬如宾!"

小菁回答得气呼呼的,仿佛我在存心用些无礼的问话冒犯她似的。她的眼泪扑簌簌地直往下掉。

我当然不是存心用无礼的问话冒犯她。我只不过是想搞清楚,这个来找我谈她所面临之事的"表妹",坠入情网不能自拔究竟到了什么程度。

于是我递给她一支烟,又说:"不管你高兴不高兴,我还有话问你——你觉得在这六天里,你感到幸福了么?"

"怎么会不感到!我没让姐姐最后的请求落空!"

"这怎么可能!"——我猛地站了起来,挥着手臂大声说,"这怎么可能!我不信!小菁我不相信,你明白么?"

她泪眼盈盈地瞪着我。分明地,一时有些吃惊。

我又坐下,尽量平静了语气对她说:"小菁,我的表妹!你想一想,两个互通过四十余封信,彼此深爱了几年的有情人,一旦相聚在一起,仅仅相敬如宾难道不有点儿奇怪、有点儿解释不通么?"

"可我们就是相敬如宾的嘛!"

"问题就在这儿!"

"当然,我们也拥抱过……"

"那你还说什么相敬如宾!"

"也……亲吻过……"

"讲真话了吧?"

"反正我没跟他上床!我们之间没发生那种事儿!"

"这正是我难以理解之处!"

"怎么你们男人一谈到爱,就非得强调上床没上床啊!"

"女人也一样!也不应该忽略这一点!"

小菁也猛地站起来。她似乎异常恼怒地瞪了我片刻,拎起小包,二话不说朝外便走。我一把扯住她,命令她坐下。我耐心向她解释我的困惑——我说:"小菁啊,你以为你的姐姐和那个她所爱的男人,约定了日期,各自从不同的国家飞抵北京,只为了一块儿玩玩?只为了彼此拥抱几番或亲吻几番?你将自己的姐姐和那个她所深爱的男人都想象得太古典了吧?亏你自己也在国外待过几年!尽管你姐姐小荨是个很传统的姑娘,但是她和一个实际上已经等于是自己丈夫的男人在短短六天的聚首中,双方都没有过上床的冲动?这逻辑上讲得通么?"

小菁她红了脸急急地打断我说:"表兄你别把事情搅混了!实际上不是小荨和他在一起相处了六天,而是我!是我小菁!"

我说:"小菁啊小菁,你怎么还反应不过来?你就是小荨,小荨也就是你!……"

小菁说:"表兄我承认……我承认我有过想和他上床的念头行了吧?你干吗非要逼我承认这些啊!他是我姐姐爱过的男人,如果我姐姐没死他肯定就是我姐夫无疑了!我姐姐死了才不过二十多天,我即使有那种冲动,能不克制么?能就假戏真做地和他上床么?!……"

我说:"小菁我此刻不是在分析你!更不是在分析你姐姐!而是在分析一个男人!我实在是想不明白他是怎么回事儿!你有你克制自己的理由,他也克制自己么?他若克制自己到底是基于什么原因?如果他根本不需要克制自己也就是说对自己所爱的女人根本没有什么性欲冲动,那么他是个阉人么?你想你姐姐会爱一个生理残疾的男人么?……"

小菁她瞪着我,一时陷入了沉思。看来我终于是将我心中的疑团向她解释清楚了,并且使她也开始产生疑惑了。

"表兄,你怀疑他……他不是……"

"究竟是,或者不是你姐姐信中所言的那个男人,我没法儿下确切的结论。但总归我觉得这件事中,还有什么不对劲儿的地方。"

"但是我有他的照片啊!他和照片上的男人一模一样啊!"小菁说罢就开始翻她的小包,想找出照片给我看,却没找到。她说照片夹在身份证里了,身份证放在家里了。

我说:"无论我看不看照片,其实对澄清我心中的疑团来说都是没有什么意义的。"

小菁说:"表兄他会不会是个狡猾的坏蛋啊?我会不会是陷入了骗局还执迷不悟啊?"

我看了一眼挂历,说:"小菁啊,六天都过去了,他怎么还没离开北京呢?"

小菁说:"表兄,其实有时候我也觉得疑惑,也觉得他有什么不对劲儿的地方。比如他说是因为机票不好订,所以才要推迟几天离开北京,而我却知道在他住的那家宾馆,机票是很容易订的。我感到他手里攥着一张底牌,几次想摊开,又有某种顾虑似的……"

我说:"小菁啊,这样吧,你再陪他玩两天,留心考察他,如果确实发现冒名顶替的破绽,那么……也就只有一个办法了。当然也是最好的办法……"

"什么办法?"

"报案。"

小菁郁郁地走了。

我一时又觉得有些对不住她。她本是来找我寻求情感解脱之法的,而我的话却无异于对她是一番番狂轰滥炸,轰炸得她那颗被突袭式的爱情全盘占领的心坑坑洼洼,使她不得不带着重重疑团和种种不安仓皇告退。但是我并不后悔,也丝毫没有歉意。因为我觉得,直话直说乃是我的责任。如果她不是小菁而是小荸,我不会问三质四的。小荸也不是那种在六天内就爱上一个男人爱到发烧地步不能自拔的姑娘……

晚上,我将小菁的事告诉了妻子。妻子虽然并未见过小菁的姐姐小荸,但也难过了好一阵。接着谴责我对小菁太缺乏体恤。

她说:"你设身处地想一想,小菁扮演小荸那是一件容易的事么?她爱上了有什么荒唐的?爱的激情那是可以由时间来判断质量的优劣的么?在短短的六天内就深深地爱上了,不是正符合小菁的性情么?如果六个月内的事那还是小菁么?她还用来对你倾诉衷肠么?你怎么对她那么简单粗暴?……"

我当然替自己极力辩护,说:"我对小菁的态度一点儿也不粗暴。我的头脑更不简单,简单就不会产生疑点了!"

妻说:"得啦得啦。我看你这人才荒唐!有信件,有照片,哪儿还来那么多疑点?小菁如果真和小荸爱过的男人成了夫妻又有什么不妥?我首先举双手赞成!并衷心为他们祝福!亏你是人家两姐妹的表兄呐!成事不足败事有余!……"

我说:"孰是孰非,你先别下结论,小菁自己准会来通告结果的!……"

第二天,妻上班后才十分钟左右,小菁就来电话了。

"表兄,他和我一样,也是假的!……"

"你相信自己的判断么?千万别是你自己受了我的影响,疑心太大。将好人误当成坏人,可是会伤人心的啊!"

"他已经当面向我承认了!并一再请求我的原谅!他欺骗了我一个多星期,还拥抱过我,吻过我,我恨死他了!……"

"那你搞清楚他的动机了么?报案了么?……"

"我……我没法报案啊!……"

"胡说!怎么没法儿报案!"

"正因为我已经彻底清楚了他的动机,我才没法儿报案!……"电话那端,小菁呜呜地哭了。

我冲着话筒吼:"别哭!哭什么?马上到我这儿来!"

一个小时后,她来了,双眼红红的,分明哭了多次。这使我联想起她母亲当年爱上"秦相公"的过程。在那过程中,她母亲也动辄哭鼻子。只不过不是对我,而是对我母亲。也许有点遗传基因。小菁一落座,我便迫不及待地问:"说说,怎么没法儿报案?"

"他……他死了……"小菁垂着头有气无力地回答,声音低得我勉强听到。那样子,仿佛一名刚刚下场的女角斗士,耗尽了体力和智力,却只不过赢得了平手,而几分钟后还要上场较量似的。她的回答使我极为震悚。想到一个小时前她在电话里说过"我恨死他了"这一句话，我不但震悚，而且感到恐慌了。

"你……你把他杀了？……"我的声音也低得连自己才勉强听到。

"我怎么能把他杀了呢？他去年就是一个晚期癌症患者了……他……他死得比我姐姐还早十几天……"

"等等，等等！"我打断了小菁的话，"你越说我越糊涂了。你说他死了是不是？……"小菁点头。"你说他死得比你姐姐还早十几天是不是？这话可是你刚刚说出口的！……"小菁又点头。"小菁，你这会儿思维正常吧？……"小菁瞪着我，仿佛不明白我的话。我又说："不管你的思维是否正常，反正这会儿我的头脑绝对没毛病！死人是不能复活的，难道这几天和你朝夕相处，拥抱过你、吻过你的是个鬼？……"

"我说的不是这些日子和我在一起的家伙！我说的是我姐姐爱过的那个男人！是后者死了。而前者和我一样，也是受了后者临终前的嘱托……"

"顶替你姐姐爱过的那个男人，来和你姐姐赴既定的约期？"

"嗯。"

"那个男人一点儿都不知道你姐姐出车祸了？"

"嗯。"

"那个男人不愿使既定的约期成为你姐姐最悲伤的日子？"

"是哟。"

"正如你姐姐不愿他在这些日子里陷入悲伤一样？"

"是的。"

"两个男人相貌酷似，也正如你和你姐姐一样？"

"他们也是双胞胎兄弟。"

"上帝啊！"

194

"只不过死了的是弟弟……"

"世上竟有这样的两个男人!"

"还有我和姐姐这样的两个女人……"

我注视着小菁,觉得她就是小荸似的。小菁缓缓抬起头,也眈眈地注视着我。我们相互注视的几分钟内,各自悲泪成行。我吸烟,小菁也吸烟。

我低声说:"你姐姐太是个痴情女子了。"

小菁说:"她爱的也太是个痴情男子了。"

"那么他,我指的是那位哥哥,他对你的印象如何?"

"……"

"我的意思是,如果他像你一样,在和你相处的这一个多星期里,也坠入情网,像你深深爱上了他一样爱上了你,那么我觉得,这也许是天意的安排,是种特殊的缘分。你姐姐和他弟弟,如果在天有灵的话,我想是会替你们祝福的……"

"他承认他也坠入了情网,也深深爱上了我……"

我不禁脱口说:"这就好了!"

小菁却叫嚷道:"不好!一点儿都不好!"

我劝她:"小菁,干吗要说违心话呢?这没什么不好。这也不算对死者们的亵渎。爱的质量并不是由时间来决定的。这是你表嫂说的。她昨天晚上批判过我了。我现在承认她的话有一定道理。我郑重收回我昨天对你说的一些话。如果你觉得自己难以启齿,需要我从中传情,我很高兴扮演红娘的角色……"

不料小菁哇地哭了。

她边哭边说:"那王八蛋已经结婚了!所以我恨他!我恨死他了!……"

我注视着她,一时又呆愣住了。

待她哭够了，情绪渐渐平定了，我才又开口发表我的看法。我站在男人的立场上，向她头头是道地分析另一个男人。并替那个与我毫不相干连面也没见过的男人进行道义上的辩护。

我批评地说："小菁啊，你也得设身处地替人家想想嘛！人家从台湾到北京，是干什么来的？是为了圆人家弟弟临终前的一个愿望是不是？而这愿望是善良的、美好的，对不对？正如你姐姐临终前的愿望是善良的、美好的一样嘛！你因为看重这一份儿善、这一份儿美，感动于这一份儿善、这一份儿美，而替代你的姐姐、冒充你的姐姐，人家也是的嘛！结果你们两个人的角色就都是被限定了的嘛。不可能不是一对至爱男女的关系嘛！你不愿首先被对方识破吧？对方也是不愿首先被你识破的嘛！你们一个要极像姐姐，一个要极像弟弟，一个要像姐姐爱自己至爱的男人一样努力使对方感到幸福，一个要像弟弟爱自己至爱的女人一样努力使对方感到幸福，那么彼此拥抱、亲吻啦，不都是情理之中的事嘛！……"

小菁看了一眼手表，突然站起来说："表哥，我得走了！"

我说："你倒是听我把话说完啊！"

她说："以后再听你说吧。他已经向我承认了真相，我还没向他承认真相呢！……"

"什——么？……"

我不禁"友邦惊诧"。

小菁说："这对人家太不公平了。我得立刻去向人家坦白身份，说明实情。否则，等人家识破了我，我成什么了呢？……"她一边说一边已经往外走着了。

我只得由她离去。

我以为，小菁说"我恨死他了"这句话，肯定不无羞恼的成分。

一般而言,一个未婚女子即使为一个未婚男人失身了,"恨死他了"这句话也只不过就是恼其薄情寡义罢了,是并不包含有"羞"的成分的。以未婚悦未婚,在女子们想来,前提似乎总归是"平等"的。倘若那男子若是已婚的、有家室的,则无论是他没法儿预先"声明",还是她自己做出了完全错误的估计,在女子们想来,事情仿佛便有了本质的区别似的。这时"恨死他了"这句话,则便肯定要包含有"羞"的成分了。以未婚悦已婚,哪怕是两情相悦,哪怕是她一心取悦,似乎就都是前提不"平等",感情上很吃亏的事了。再开明的女子,都是免不了要这么和自己较劲儿,和男人过不去的。这一不"平等"前提之下的一拥一吻,仿佛都证明了女子的单纯、男人的卑劣似的。这时女子的羞恼,往往又显得那么的胡搅蛮缠无道理可讲……

我认为小菁她根本没因由"恨死他了"。幸亏她还没跟人家上过床做过爱!我也很担心她去跟人家耍小孩儿脾气胡搅蛮缠无道理可讲地变相宣泄她内心那一种说不出口的羞恼……然而我想错了。我的担心也变得多余。不但变得多余,而且还变得相当滑稽可笑!因为晚上小菁就再次给我打来了电话。

我一听出是她的声音便马上问:"小菁啊,没跟人家耍小孩儿脾气吧?"

她说:"表哥啊,我可有什么理由跟人家耍小孩儿脾气呢?"听她的语调,情绪相当稳定,话也说得非常懂事儿。"人家"二字,似乎还说得有股温柔的意味。

我说:"那,你向人家坦白身份没有啊?"

她说:"能不坦白么!"

"那,他又是怎么对待你的?"

"他当时哭了……"

"哭了?……"

"哭得别提有多么悲伤，哭得像个受尽了委屈的男孩儿……"

"他完全没有想到？"

"可以这么认为吧。他哭哭啼啼地说其实他根本不知怎么对待我才好。亲爱也不是，不亲爱也不是。当然他有时候也觉得我不太对劲儿，正像我有时候觉得他不大对劲儿一样……"

我说："是啊是啊，我能理解。完全理解。你们俩都够难的了！……"我还想说你们的悲伤是对等的，委屈是对等的，眼泪也是对等的……但小菁她没容我说下去。

"表哥，我……我想请求您一件事儿——你能不能把你家腾出来让我住几天呢？……"她在电话那一端提出了一个让我预先猜上一整天也万万猜不到的请求。这个请求可有点儿太离谱了！

我一时哑然无声了。

"表兄，你怎么不说话！"

"小菁，你不是有住房么？"

"我这幢楼前天开始普遍维修。表兄，我希望您千万别拒绝我。您如果拒绝了，我会一辈子不再理您的！帮人要帮在难时嘛！……"

她的语调带有强迫的意味儿。尽管在提出请求之际就开始称我为"您"了。也带有希望受到娇宠的暗示，弦外之音仿佛是——表兄你不为我腾出家，谁为我腾出家呢？

我握着话筒仍在犹豫。不，不仅仅是在犹豫，而是内心里一百个不乐意、一百个不情愿。因为我已经明白，想住到我家来的，当然不是她自己！

"表兄，就一个星期。六天！六天就行！"她的语调有些急躁了。显然，唯恐我拒绝。我说："小菁啊，这件事，我自己是没有权力现在就答复你的。我总得跟你表嫂商量商量是不？"

她说:"表兄,我已经给我表嫂打过电话了!我表嫂二话没说,当即就答应我们了!……"

我马上问了一句:"你们?另外还有谁?"

她说:"表兄你别装糊涂!除了我,另外只能再有一个人。"

我说:"小菁,老实承认,这件事,是另外那个人的愿望吧!"

她说:"你真气人!又来这一套!"

我说:"哪一套啊?"

她说:"我已经二十六岁了!不再是当年那个需要父亲时时管教,需要你时时呵护的小孩儿了!干吗我一跟你说件什么事儿,你就左盘问右盘问,好像我是个问题少女,心灵里产生的尽是荒唐念头古怪念头甚至邪恶念头堕落念头呢?表兄你听明白了,我这一想法,根本没向他透露过半句!"

我明知故问,说:"小菁你的想法,究竟是一种什么想法?"

她沉默片刻,用坚定不移的口吻说:"表兄,实话告诉你,我要重新和他度过六天。像我的姐姐和他的弟弟那样度过六天!不再作假地度过六天!"

我说:"也就像一对儿分居多年的恩爱夫妻似的度过六天了?"

她说:"是的!"

我说:"我明白了。"

她说:"你一开始就明白,故意装糊涂罢了!"

我说:"小菁你可要想好了!想想你这么做值得不值得?究竟有没有必要!究竟……"

"够了够了!"她再次打断我的话,有些生气地反问,"表兄你没有完没完?爱情之事能用值得不值得、有必要或没必要的思想方法去想么?如果我不按照我的愿望去做,我一辈子都会总回忆这件事,每

199

次回忆都会只有伤感和失落！他也肯定和我一样！可是我讨厌这件事只给我留下伤感和失落！我要在伤感和失落中加进一些温爱！我相信他也肯定有这样的愿望，只不过他没法儿跟我说出口罢了！反正这件事表嫂已经答应我了，你不答应就不行！不答应就是心理晦暗，从中刁难！……"

我说："我得考虑考虑。"

她沉默片刻，气恼地哼了一声，重重地将电话挂断了。

十几分钟后，妻从单位打回了电话。

妻说："哎，先生，你怎么了？"

我说："没怎么啊！"

妻说："我还当你决定和我离婚了呢！"

我说："这话从何谈起啊？儿子都十多岁了，无缘无故地离什么婚呀？"

妻说："你还没离婚的打算就好！那么我起码就当得起一半儿的家是不是？"

我说："咱俩不是早就分过工了，我挣钱，你当家么？"

妻说："别跟我油嘴滑舌！我就不挣钱了？既然你还没忘是我当家，为什么我已经答应了小菁的事，而你还要从中作梗，推三阻四呢？……"

我这才恍然大悟，原来小菁她和我谈得不顺气儿，一挂断电话，就立刻向妻告了我一"刁状"！……

第二天我住到办公室去了。一个星期内每天吃食堂，没回过一次家……妻和儿子住到岳父岳母家去了。他们也一个星期内没回过一次家……星期日晚上，小菁往办公室给我打电话，通知我可以回家了。

我说："他走了么？"

她说:"走了,星期六晚上就走了。"

语调平静得令我不解。我又问:"你去机场送的他?"

她说:"当然啊,能不送么?"

我挖苦地说:"恋恋不舍,生离死别,搂搂抱抱,哭哭泣泣?"

她哧哧笑了。笑罢,拖长着腔调说:"那干吗呀?我才不给别人白相的机会呐!"

我说:"那你今天上午就该给我打电话的!为什么让我在办公室多待一天?"

她说:"你总得让我自己有充足的时间调整调整心情吧?"……

我回到家里,见处处都清洁了,窗明几净,所有能洗的东西都洗过了,连阳台都打扫过了,冰箱内里也都擦过了。

我说:"看来他还是个爱干净的人啊!"

小菁说:"我能用他干么?这六天里,我天天都在实习做一位勤快的妻子。"

我说:"那么以后呢?"

小菁表情庄重地说:"没有什么以后的故事。他有家室,我也不想作践自己,充当他在大陆的外室偏房。一切情节都到星期六晚上为止。我们彼此约法三章——不通信,不相见,不思念。"

我注视了她几秒钟,不相信地说:"第三点你们恐怕做不到吧?首先恐怕你就做不到吧?"

小菁微微一笑,随即表情更加庄重起来,也注视着我,不动声色地说:"有什么做不到的。如果没有后来延续这六天,我恐怕连前两点也做不到。但是现在不同了,一切都消弭在这六天里了。现在我说到他,说到我们之间的事,也就像说到我姐姐和他弟弟之间的事,平静得不能再平静。我们用温爱冲淡了这件事的感伤。我们心里没有什么遗憾了……"

我也庄重地问:"实习做一位爱妻有什么感想?"

她说:"感想很多,可是什么都不愿告诉你这位婆婆妈妈的表兄。"

小菁她在通知我回家之前,已经通知过我妻子了。片刻,妻子和儿子回来了。妻子一见小菁的面就打趣儿地说:"小菁呀,别来无恙吧?"

小菁脸微微一红,矜持地回答:"现在我已经学会了用一颗女人的心想这世界的许多人和事了。"

儿子刮目相看地瞪着她大叫:"哇,小表姑好哲学了呀!"

如今小菁又回到海南去了,又当"白领丽人"去了。来信说她身边已经有了一位"护花使者",说不久打算晋升对方为"见习先生"……那小伙子出差到北京时我幸会过,斯斯文文的,一表人才,可谓德智体皆优,将来有望被小菁培养成一位一流的丈夫。我试探地问过他最爱小菁哪几方面。他想了想,十分认真地回答我:"多情。"我说还有呢?他又想了想,更加认真地回答我:"还是多情。"他几乎在家待了一整天。吃罢午饭,大概是由于喝了两杯啤酒,话语渐渐多了,交谈也主动起来。于是一句接一句夸他未来的爱妻,说小菁这也好,那也好,不但多情,而且温柔,而且善解人意,而且对人极富有怜悯心、体恤心,等等。仿佛在评价一位古典淑女似的。

妻子听了,就不禁地说:"你这不是在夸我们小菁,分明是在夸她的姐姐小荸啊!"

小伙子更诧异地问:"小菁她还有一个姐姐么?她可从来也没对我提起过。"

我瞪了妻子一眼,敷衍地说:"她姐姐早不在人世了。"但是我内心里,却是很同意我妻子的话的。如果小菁真的变得像小荸了,那当然是我们很感到欣慰的。我常常由小菁,而想到她的姐姐小荸,进而想到她们的母亲,以及她们的母亲当年和"秦相公"的爱情……

　　时代的的确确是不同了,爱情的故事也空前地多起来,丰富多彩起来。豆荚里的豆子都是差不多的,但人心里的爱却是各式各样的。只要是爱,一定会像乳汁滋养婴儿一样,滋养男人和女人的心灵……

　　小菁表妹,祈祝你幸福!也祈祝那个和你做了六天夫妻的,我连面都没见过的男人幸福!祈祝爱在这世上一切男人和女人心中结出更别致的果实!